CW00498055

La memoria

1016

DELLO STESSO AUTORE

La briscola in cinque
Il gioco delle tre carte
Il re dei giochi
Odore di chiuso
La carta più alta
Milioni di milioni
Argento vivo
Il telefono senza fili

Marco Malvaldi

Buchi nella sabbia

Sellerio editore
Palermo

e-mail: info@sellerio.it
www.sellerio.it

Questo volume è stato stampato su carta Palatina prodotta dalle Cartiere di Fabriano con materie prime provenienti da gestione forestale sostenibile.

Malvaldi, Marco <1974>

Buchi nella sabbia / Marco Malvaldi. – Palermo: Sellerio, 2015.
(La memoria ; 1016)
EAN 978-88-389-3371-4
853.92 CDD-22 SBN Pal0282496

CIP – *Biblioteca centrale della Regione siciliana «Alberto Bombace»*

Buchi nella sabbia

A Lucia Stanescu

Non vissi. Muto sulle mute carte
ritrassi lui, meravigliando spesso.
Non vivo. Solo, gelido, in disparte,
sorrido e guardo vivere me stesso.

GUIDO GOZZANO

Buchi nella sabbia
Dramma giocoso in tre atti

Personaggi in ordine di apparizione:

RUGGERO BALESTRIERI: tenore, nonché anarchico militante. Convinto fautore dell'idea che tutti gli uomini siano uguali, tranne lui.

BARTOLOMEO CANTALAMESSA: impresario, unico responsabile della rinomata compagnia «Arcadia Nomade», il cui scopo principale è non far litigare i cantanti lirici. Effettivamente, un'impresa.

ALFREDO FRASSATI: direttore del quotidiano *La Stampa*. Uno dei suoi figli sarà fatto beato.

ERNESTO RAGAZZONI: giornalista de *La Stampa*, poeta, esperto di musica e di arte. Ama il rosso, sia sulle bandiere che nei bicchieri. Non corre il rischio di essere canonizzato.

TERSILIO BENTROVATI: direttore del Teatro Nuovo di Pisa. Un brav'uomo che tenta di fare del suo meglio. Come spesso capita, non basta.

GIANFILIPPO PELLEREY: carabiniere, tenente del corpo delle Guardie Reali. Alto di statura e di ideali.

RENATO MARIA MALPASSI: direttore d'orchestra. Manesco con gli inermi, servile coi pettoruti, tenero coi tenori e isterico coi soprani.

CLETO STRAMBINI: custode e tuttofare del Teatro Nuovo di Pisa. Si vede una volta sola, e non è lui l'assassino, per cui inutile parlarne oltre.

ULRICO DALMASSO: capitano del corpo delle Guardie Reali. Diretto superiore del tenente Pellerey, e uomo tutto di un pezzo. Anche se non è chiarissimo di cosa.

BARTOLO AMIDEI, DETTO CARONTE: cavatore carrarino, e quindi anarchico, incaricato del ruolo di scolpire San Gaspare.

ARTEMIO CATTONI, DETTO BARABBA: vedi sopra.

RENATO BRANDINI, DETTO TAMBURELLO: vedi sopra, ma con San Vitale al posto di San Gaspare.

ROSILDO CASTRIOTA, DETTO TARALLO: vedi sopra, ma un po' più in alto di prima, sia come cultura che come riconosciuta autorità.

GIUSTINA TEDESCO: soprano di bella voce, di bell'aspetto e di belle speranze. Unica donna della compagnia, ché d'altronde in Tosca c'è un singolo ruolo femminile.

PIERLUIGI CORRADINI: maestro d'armi della compagnia. Azzimato ed elegante ma comunque un ex militare, che per difendere il suo onore è sempre pronto a tirare fuori il ferro.

TESEO PARENTI: basso, sia come tessitura vocale che come aspetto fisico. Quando entra in una stanza lui il ferro lo tirano fuori gli altri, e lo tastano bene.

ANTONIO PROIETTI: figurante che fa la sua figura. Nel senso che è alto, bello e intelligente. Ma non quanto si crede.

ROMOLO BONAZZI & REMO POMPONAZZI: tecnici di scena. Geniali quanto anarchici, e sono parecchio anarchici. Sempre insieme, nella vita come in teatro. Non si vedono mai, ma senza la loro presenza il libro non potrebbe avere luogo. Come in ogni spettacolo che si rispetti.

Ouverture
ovvero
Tosca vista da un toscano

Nessuna situazione come l'opera è in grado di passare in un attimo dal commovente al ridicolo, se il destino ci si mette di mezzo.

Il fatto è che l'opera, già di per sé, è una situazione artificiosa, che si regge in piedi per miracolo, e che richiede a noi fanatici del bel canto una dose smisurata di capacità di astrazione. Non è facile commuoversi per un baritono che, una volta ricevuta una coltellata nel petto, intona una romanza a tutta gargana invece di stramazzare sul palco, come farebbe qualsiasi persona beneducata qualora venisse pugnalata nelle reni. E ci vuole una robusta dose di concentrazione sulla musica per non mettersi a ridere di fronte a un tenore settantenne che sta facendo il giovanottino innamorato, decantando la bellezza di un mezzosoprano largo quanto due contrabbassi.

L'opera, per sua stessa natura, è fuori dalla realtà: e il melomane, l'appassionato autentico, nell'ascoltare le interpretazioni sempre diverse di arie sempre uguali, e sempre ugualmente incredibili, cerca proprio questo.

Purtroppo, a volte, la realtà si dimentica dell'educazione ed irrompe sulla scena, con entusiasmo addirittura superiore a quello del fissato con la lirica. E, quando sceglie di entrare a piedi uniti su un cantante, quasi sempre quel cantante sta interpretando Tosca.

Dei mille e più aneddoti che raccontano i casini barocchi che possono accadere su un palcoscenico che accoglie la lirica, più della metà riguarda la storia del soprano che si innamora del pittore Cavaradossi. E quasi tutti, invariabilmente, alla fine della rappresentazione.

Come ognuno sa, al termine dell'opera, Tosca realizza che il suo amato pittore è stato crivellato di colpi autentici, non a salve, e incalzata dai fucilieri del plotone d'esecuzione decide di togliersi la vita gettandosi dai bastioni di Castel Sant'Angelo. Questa scena, adorata dai registi quanto temuta dal resto della compagnia, richiede che una cantante si getti da un'altezza non trascurabile. Solitamente, gli artisti di palcoscenico non sono in ottima forma fisica, a meno che non facciano i ballerini: per cui, in una delle prime rappresentazioni d'oltreoceano, al Metropolitan di New York, al fine di evitare che il soprano si stampasse di gengive sul palcoscenico i tecnici avevano predisposto di mettere in fondo alla scenografia del castello un tappeto elastico. Tappeto che era tarato sul peso della Tosca titolare, che pesava sì e no cinquanta chili, e non sulla sostituta, la quale stazzava intorno ai cento.

Purtroppo, la quarta sera, cantò la sostituta.

La quale, dopo essersi gettata con pesante verisimiglianza, cominciò a rimbalzare sul tappeto, apparendo e scomparendo alla vista degli spettatori da dietro i bastioni di cartapesta mentre l'orchestra, inconsapevole del dramma, commentava con accordi strazianti l'olimpica performance.

In questo caso, la figura di guano fu conseguenza dell'esasperato professionismo richiesto dal regista: talvolta, i bordelli invece vengono causati dalla scarsità dello stesso. Come al teatro dell'opera di Pittsburgh, dove essendo a corto di figuranti vennero assoldati degli studenti liceali per interpretare il plotone d'esecuzione. La produzione, oltre che in ristrettezze di personale, si trovava anche in ristrettezze di tempo: per cui, la prova generale non venne mai terminata, e gli studenti ignoravano la trama dell'opera. Quando si giunse alla prima, i membri dell'imberbe plotone chiesero al regista cosa dovessero fare, e il regista rispose: «Dopo aver sparato all'uomo, seguite la donna». E così fecero: dopo aver fucilato Cavaradossi, i granatieri incalzarono Tosca fin sui bastioni, dai quali alla fine la soprano si gettò disperata. Disperata, e seguita da tutto il plotone d'esecuzione, i membri del quale si gettarono a loro volta nel vuoto tipo marines, fedeli alla consegna.

Non sempre l'imprevisto ha luogo sul palcoscenico, è vero. A volte anche gli spettatori ci mettono del loro: come al San Carlo di Napoli, quando a interpretare Cavaradossi venne chiamato un tenore talmente inadeguato e scarso che tutto il pubblico, dalla platea sino all'ultimo ordine di palchi, per sottolinearne l'orribile performance subito dopo l'esecuzione tributò un caloroso quanto spontaneo applauso al plotone che lo aveva appena fucilato.

Tutte situazioni incresciose, per carità; ma, in fondo, cose che a voler essere obiettivi e non melomani si risolvono con una bella risata. Sarebbe ben diverso se qualcuno, alla fine dell'opera, venisse ucciso sul palco per davvero.

Il che è esattamente quello che capitò il primo giugno dell'anno millenovecentouno, al Teatro Nuovo di Pisa, alla presenza di Sua Eccellenza Vittorio Emanuele III, già principe di Napoli e non ancora Imperatore d'Etiopia, ma a tutti gli effetti Re d'Italia, anche se solo da meno di un anno.

Atto primo

Zero

– Tosca?

– Tosca.

– Non la conosco.

Mollemente adagiato in una poltrona, i piedi incrociati su di uno sgabello e il corpo avvolto in una clamorosa vestaglia ad arabeschi, il tenore Ruggero Balestrieri sottolineò l'affermazione centrando la sputacchiera a mezzo metro dalla poltrona con il nocciolo della ciliegia appena ingerita.

– L'ultima opera del Puccini, non conoscete? – chiese l'impresario Cantalamessa.

– Per carità, ovvio che la conosco. So che esiste. Non l'ho mai eseguita in pubblico.

E quindi mai né letta, né considerata in privato.

Il problema del crescere, pensava Bartolomeo Cantalamessa guardando il tenore Balestrieri stravaccato in poltrona, è perdere la propria eccezionalità.

Quando siamo bambini, ogni piccolo gesto banale è una conquista, sia reale che percepita; siamo circondati da persone che ci applaudono quando muoviamo i primi passi, vanno in estasi quando finiamo tutta la pappa e riescono ad entusiasmarsi anche dei nostri escrementi. Poi, fatalmente, si cresce, e questo entusiasmo piano piano sfuma. Ci sono persone che riescono ad accettarlo, e sono la maggioranza. Ci sono persone che non riescono ad accettarlo, e sono i cantanti lirici.

Il mondo, per Ruggero Balestrieri, si divideva in due parti nette e ben distinte. Da una parte il tenore Ruggero Balestrieri, da quell'altra i restanti abitanti del pianeta. Entrambe le parti avevano uno scopo ben preciso: il tenore Ruggero Balestrieri, cantare. Il resto del mondo, adorare il tenore Ruggero Balestrieri.

– Come è composta l'opera? Di quanti quadri consta?

– Sono tre atti. Grosso modo due ore di musica. Nove personaggi, e una struttura invero piuttosto inusuale. Molte scene di azione, e poche arie.

– Poche arie?

Ovvero, poche occasioni di farmi applaudire a scena aperta?

Il tenore Ruggero Balestrieri prese un piccolo frutto dalla coppetta con aria di assoluta disapprovazione.

E Cantalamessa sferrò il colpo.

– Sì, poche in verità. Due romanze per il tenore, e una per il soprano.

Bartolomeo Cantalamessa non faceva l'impresario: Bartolomeo Cantalamessa era un impresario. Tutto il resto che gli era capitato nella vita erano state cause o conseguenze di quello che l'uomo reputava essere il mestiere più bello del mondo: tra le cause, due genitori amanti della musica e un diploma in pianoforte, e tra le conseguenze delle amanti, tanti soldi, e una vita in cui la parola «noia» era un concetto astratto.

– E il resto degli interpreti?

– Nessuna per il resto degli interpreti.

E quindi, caro ciccio, tu hai il doppio delle romanze del soprano. E infinita più importanza del resto del cast. Chi se ne frega degli altri, l'opera la fa Cavaradossi. E Cavaradossi potresti essere te.

– Sarebbe una occasione di assoluto prestigio, e richiede esecutori di assoluto prestigio.

– Be', allora mi auguro che gli altri cantanti siano all'altezza. Chi avevate in mente?

– Come soprano, pensavo a Giustina Tedesco.

Il Balestrieri fece un ampio cenno di approvazione con il capo.

– Benissimo. Cantante giovane ma di bel talento, mi dicon tutti.

E tutti si premurano anche di ricordare come il Cantalamessa se la trombi regolarmente, e negli ultimi tempi l'abbia eletta a sua dama ufficiale. Il tenore Ruggero Balestrieri non l'aveva mai sentita cantare, e per quanto ne sapeva poteva anche essere brutta come una frittata di rospi e con una voce tipo unghie sulla lavagna. Meglio ancora, avrebbe fatto più figura lui. Vanesio sì, ma mica scemo, il tenore Ruggero Balestrieri.

– Come mai di assoluto prestigio? – continuò il tenore, già divisando gli applausi da ogni ordine di palchi, le file di sartine di fronte all'uscita del camerino e le conseguenti monte che ogni artista di palcoscenico agogna come Giusto Riconoscimento alla propria fatica.

– Perché si canterà alla presenza del Re.

– Ah.

E questo poteva essere un problema, e il Cantalamessa lo sapeva.

Di Balestrieri Cantalamessa sapeva, con certezza, tre cose. La prima, che era un tenore eccezionale, con una estensione di voce notevolissima, con la capacità di intonare in pianissimo anche nella zona degli acuti, con un filato da brividi. La seconda, che era una testa di cavolo ed un piantagrane sempre pronto a lamentarsi dei colleghi, degli strumentisti, dei coristi, dei pagamenti, delle condizioni atmosferiche e di qualsiasi cosa non andasse come pretendeva; era sorprendente, che non avesse fatto le solite obiezioni quando aveva sentito il nome di Giustina. Bah, meglio così.

La terza cosa era che Balestrieri, nato e cresciuto a Carrara e figlio di cavatori, era un anarchico convinto e militante. Uno che era capace di dirti che finché il Re era dentro il teatro, lui ne restava fuori.

– La cosa vi lascia indifferente?

– No, no, tutt'altro. Anzi. Pensavo che essendo presente Sua Maestà, l'occasione è veramente di prestigio. Che cosa mi dite in proposito?

Che lo sapevo che andavi a parare lì.

– Assolutamente. Il cachet previsto sarebbe di duemila lire.

Duemila lire. Quasi quattrocento dollari. Per i non pochi sprovvisti di nozioni di storia dell'economia, come potere d'acquisto si parla di circa ventimila euro. Qualunque fosse il bene d'acquisto su cui il Balestrieri stava visibilmente già investendo nella sua testa, dalla nuova diavoleria chiamata automobile all'antico ma sempre valido binomio vino&puttane, era chiaro che la proposta era arrivata.

– Sì, accettabile – rispose il tenore Ruggero Balestrieri dopo qualche teatrale attimo di silenzio, disincrociando le gambe dal pouf e alzandosi, per rendere edotto l'impresario che la trattativa era finita e che ora si levasse pure dalle scatole che ho cose più importanti da fare, quali ancora non lo so ma vedrai che qualcosa trovo.

Cantalamessa, con un sorriso, sollevò il bicchiere di vermouth.

– Bene. Allora, brindiamo alla salute di Tosca.

– Tosca?

– Tosca.

L'uomo con la barba alzò lo sguardo sopra la scrivania, verso l'altra persona presente nella stanza. La quale invece che di barba era dotata di baffi; anche se questo già basterebbe per distinguere i due, non sarà inutile descrivere i due oggetti nel dettaglio.

I baffi dell'uomo seduto dietro la scrivania erano sottili e castani, accuratamente disegnati, con qualche filo bianco a dispetto dell'età, e sorvegliavano attentamente il viso del proprietario, ricordandogli in ogni momento che da uno che porta i baffi in quel modo non ci si aspettano imprevisti. Ogni volta che il proprietario apriva bocca, i baffetti rimarcavano l'importanza e la fondatezza di ogni singola parola rimanendo fermi nella loro posizione, come a voler dire che da lì non ci si muove, in nessun caso.

L'estremità pelosa dell'uomo in piedi davanti alla scrivania medesima era invece completamente nera, segno di gioventù; ma, come condizioni, era molto più vissuta dei baffi dirimpetto, ed era palese come i peli in questione avessero visto scorrere, di fronte a loro, ben poco sapone ed ancor meno acqua. Delle infezioni, però, non c'è da preoccuparsi: l'elevata concentrazione di alcol etilico a cui era sottoposta quotidianamente dal proprietario, con abbondanti applicazioni pomeridiane e soprattutto serali, la difendeva egregiamente dal rischio di tricosepsi. Impestata sì, ma sterile.

– Lei è il nostro corrispondente per la musica, l'arte e il costume – riprese il baffetto, con tono paterno ma severo. – Bene, qui abbiamo tutto. Abbiamo la rappresentazione di un'opera lirica del maestro Puccini, che tanti allori sta mietendo in patria e all'estero, in una delle città d'arte più significative d'Italia, e alla presenza di Sua Eccellenza il Re. Quale destinazione più adeguata per lei?

– Me ne verrebbero in mente mille altre – rispose l'altra barba, in tono forzatamente allegro, come chi cerca di fare pace con qualcuno, ed essendoci due persone nella stanza, non era difficile capire con chi.

Se invece chi legge fosse interessato a capire perché, basterà dire che i baffetti da persona seria dietro alla scrivania sono fermamente attaccati al direttore responsabile de *La Stampa*, dottor Alfredo Frassati, mentre la barba ingiovibile è divenuta così dopo aver accompagnato per anni le mangiate e soprattutto le bevute di Ernesto Ragazzoni, nativo di Orta, sul lago omonimo: poeta, filosofo, scrittore, ma pur tuttavia anch'egli essere umano, e quindi costretto a pratiche comuni come il mangiare e il dormire. Tutte cose che si procura grazie al lavoro di giornalista, e quindi dipendente, del quotidiano medesimo.

– Per esempio?

– Per esempio rimanere a Torino, invece di recarmi in una città di provincia ad assistere alla rappresentazione di un'opera la cui prima è andata in scena più di un anno fa, e che ho già visto peraltro proprio in questa medesima città.

Il dottor Frassati scosse la testa.

– Per quanto riguarda la provincia, Ragazzoni, lei ha fatto mostra di essere in grado di fare schiamazzo anche a Novara – rispose, con tono pacato. – Non è da tutti farsi licenziare dopo un solo mese di direzione di un giornale. Se ha la memoria corta, posso ricordarle che è proprio per questo che l'ho potuta nuovamente riassumere qui, nel nostro quotidiano. E se posso essere franco, ero convinto che la disavventura le avesse insegnato qualcosa su come stare al mondo.

Il Ragazzoni, le mani dietro la schiena, annuì con fare scolaresco, chinando poi la testa di lato.

– Sì, ammetto di aver sbagliato. Non avrei dovuto accettare la direzione di un giornale notoriamente conservatore e bigotto come la *Gazzetta di Novara*. Qui è tutta un'altra cosa.

– Qui al giornale, sì. Lei lo sa, Ragazzoni, di essere libero di scrivere cosa vuole. Ma una cosa è essere liberi, una cosa è prendersi delle libertà.

Il Ragazzoni, dopo aver tratto un respiro profondo, guardò in direzione della finestra.

– Scusi, signor direttore, mi sta punendo per qualcosa?

– Mettiamola così, Ragazzoni: ieri pomeriggio, al Circolo Filologico, si è tenuta una conferenza su Dante e la tradizione toscana dei rimatori all'impronta.

– Certo. Mi perdoni, signor direttore, ma ero uno dei conferenzieri. Mi ha inviato lei stesso.

– Lo so, e lo rimpiango. Risponde al vero che si è presentato alla sua conferenza in ritardo, in pantofole e in stato di evidente ebbrezza?

– Non posso negarlo.

– Risponde al vero che quando il direttore del circolo, il professor Perrone, le ha fatto notare il suo incivile ritardo lei gli ha risposto: «La invito a diffidare degli orologi, signor direttore: sono pagati da qualcuno, sostengono tutti la stessa cosa»?

– Sì – rispose il Ragazzoni, con tono neutro. – Ma non capisco perché questo stesso motto qui, quando lo dico al giornale, la fa ridere, e se riportato da terzi, in special modo se fratelli del vescovo, la scandalizza.

– Risponde al vero che lei, invitato a dar mostra della sua abilità di rimare all'impronta a partire da qualsiasi desinenza, propostale la rima in «-zio» ha improvvisato una poesiola che iniziava: «Mio Signore, io ti ringrazio / per averci dato il vizio», in cui la rima successiva era «orifizio» e il cui restante contenuto tralascio per decenza?

Il Ragazzoni, con un profondo sospiro, ammise. In

realtà, di quel piccolo componimento era tuttora orgoglioso.

– Vede, mi sono sentito un pochino svilito. Far le rime in «-zio» è sin troppo facile, un qualunque arfasatto vi riesce. Dai signori del Circolo Filologico mi aspettavo ben altre sfide. Propormi di rimare con «mulo», per esempio, sarebbe ben più difficile. C'è solo un'altra parola, in italiano, che vi fa rima.

Il dottor Frassati guardò il Ragazzoni da sotto in su. Le sarei grato se smettesse di usare tale oggetto per afferrarmi, disse quello sguardo senza alcuna traccia di accento piemontese. Mi scusi, rispose lo sguardo del cronista, dopodiché il direttore riprese:

– Inoltre, a quanto mi si riferisce, dopo aver recitato...

– Improvvisato.

– ... dopo aver improvvisato la sua inopportuna e licenziosa poesiola, al richiamo di Sua Eminenza l'Arcivescovo Perrone che le faceva notare come nella sala fossero presenti anche delle suore, lei abbia testualmente risposto: «Non si preoccupi Eminenza, mi sono toccato i coglioni appena entrato».

– Sì, forse in tale occasione...

– Sì, anche secondo me.

Ci fu qualche momento di pesante silenzio, che come avrete capito in presenza del Ragazzoni era merce rara.

– Vede, Ragazzoni, lei è un bravo giornalista. Lei è un ottimo giornalista. Lei non ha paura di scrivere quello che vede, e di guardare dove deve guardare e di ascoltare dove deve ascoltare.

– Capisco. Per questo vengo mandato in un posto ad ascoltare cose che ho già ascoltato, e per vedere cose per le quali in effetti bisognerà aguzzare parecchio la vista. Il nostro Re è talmente basso che se si eccita rischia seriamente di diventare più alto.

Ci fu un bis del momento precedente. Quello di silenzio, per intendersi. Poi, il direttore parlò con tono definitivo:

– Ragazzoni, in amministrazione troverà il biglietto di sola andata per Pisa.

Se vuole che le spedisca anche quello di ritorno, continuò lo sguardo del direttore, sappia che ha appena formulato un ottimo esempio di ciò che non deve permettersi mai più.

– Le auguro buon viaggio – terminò il dottor Frassati, prendendo una lettera dal mucchio della corrispondenza in entrata e mettendosela davanti. – E si goda la Tosca.

– Tosca?

– Tosca.

Tersilio Bentrovati, direttore del Teatro Nuovo di Pisa, si allargò in un sorriso convinto, come chi sa di aver fatto bene il proprio lavoro, e si merita un encomio.

Di fronte a lui, marziale senza essere rigido, il tenente Pellerey delle Guardie Reali tacque.

– E non è tutto – continuò Bentrovati, interpretando da buon burocrate quale era il silenzio del militare come un assenso – abbiamo avuto la fortuna di poter scritturare una compagnia eccellente, la rinomata

«Arcadia Nomade» del maestro Cantalamessa. Avremo nomi di assoluto prim'ordine: il maestro Malpassi alla direzione, e il tenore Ruggero Balestrieri come primo ruolo.

Il tenente Pellerey, dall'alto del suo metro e novantuno, guardò il direttore Bentrovati con aria ufficiale. Poi, con tutta la cortesia che solo la nascita in Piemonte, l'educazione a Torino e anni di vita militare possono conferire, parlò:

– In tal caso, non sono sicuro di poter avallare la presenza di Sua Maestà.

– Perdonatemi, tenente, non capisco.

– Ritengo, direttore, che la composizione prescelta non sia la più opportuna da rappresentare in presenza del sovrano.

– Perdonatemi nuovamente, tenente, ma non vi seguo.

Il direttore appoggiò le mani sulla scrivania, la destra di taglio.

– Sei mesi or sono, saputo che Sua Maestà Vittorio Emanuele Terzo avrebbe trascorso l'intera stagione estiva nella Tenuta Reale di San Rossore, abbiamo chiesto alla Reale Segreteria l'onore di poter salutare il suo arrivo nella nostra città con la rappresentazione di un'opera lirica. Abbiamo chiesto, in via informale, se Sua Maestà avesse delle preferenze musicali, e ci è stato risposto che i gusti del sovrano erano ampi a tal punto da permetterci di agire in assoluta libertà.

Ovvero, come l'attendente aveva testualmente riferito al direttore, per il sovrano esistono solo due musiche: la Marcia Reale e la non-Marcia Reale. Circostanza che era sicuramente nota anche al tenente Pellerey.

– Ci siamo quindi prodigati per offrire al sovrano il meglio dell'intrattenimento musicale che fosse alla nostra portata. Non siamo il Teatro alla Scala, o il Regio Teatro di Parma, e purtuttavia siamo riusciti ad assicurarci i servigi di una delle massime compagnie europee, le quali tutte stanno allestendo l'opera più recente di quello che al momento, dopo il maestro Verdi, è il musicista italiano di maggior successo. Non vedo cosa vi sia di inopportuno.

Se c'era una categoria di persone che il tenente Pellerey non sopportava, erano quelle che facevano finta di non capire.

Vittorio Emanuele III era salito al trono meno di un anno prima, in seguito alla morte del padre Umberto I, deceduto ad appena cinquantasei anni, e non esattamente di morte naturale: l'incoronazione era stata accelerata un tantino dall'intervento di tale Gaetano Bresci, anarchico militante, il quale era stato così cattivo da uccidere il Re Buono con un colpo di pistola, mentre usciva da una palestra di Monza dopo aver assistito ad una esibizione ginnica organizzata dalla polisportiva «Forti e Liberi».

Come sanno tutti.

Così come tutti sanno che in Tosca l'eroina ammazza il rappresentante del potere costituito, per poi scoprire che il gaglioffo ha ordinato di fucilarle l'amante sotto gli occhi davvero, e non per finta. Un'opera in cui buoni e cattivi sono chiaramente schierati, e il potere costituito non appare, ai più, stare dalla parte dei buoni. Tanto è vero che, nelle poche rappresentazioni date sino a quel momento, non erano mancate né azioni intellettuali né azioni manuali (leggasi cazzotti).

Ora, finché il popolaccio bruto si prendeva a randellate, tutto bene; ma quando c'era il Re, forse era il caso di evitare. Dare il benvenuto al sovrano, il quale si ritrova sul trono suo malgrado dopo che gli hanno crivellato l'augusto genitore, rappresentandogli in ghigna una bella Tosca contornata da applausi, fiori ai cantanti, cori fuori programma o risse, non era forse il massimo della delicatezza, né della furbizia.

Pellerey, da persona beneducata, detestava essere esplicito, per cui come al solito tentò di prenderla larga.

– Se non lo vedete, lasciate che ve lo spieghi – cominciò il tenente, paziente. – Come sapete, il reggimento cui mi onoro di appartenere ha come primaria funzione la salvaguardia e l'incolumità del Re e della sua famiglia.

– Compito che sono sicuro svolgiate in maniera encomiabile – commentò il Bentrovati. Affermazione difficile da smentire, visto che il Re era ancora vivo: ma a quelle parole, il tenente parve irrigidirsi un pochetto.

– Non mi interessa ricevere encomî, né da vivo né da morto –. Anche se, personalmente e non da tenente, li preferirei di gran lunga da vivo. – Ciò che mi interessa è la sicurezza del Re. Per svolgere il mio compito al meglio, ho bisogno sempre e costantemente di aspettarmi il peggio.

Un po' come il mio predecessore, che aveva detto a quel testone di Umberto di mettersi la cotta di maglia ferrata sotto il panciotto, come sempre. Solo che quel giorno era luglio, quel pomeriggio era caldo e quell'altro tizio era il Re, per cui a un certo punto il militare era stato costretto ad obbedir tacendo, e ad abbozzare. Niente cotta e via, in carrozza.

– Ora, direttore, – continuò il tenente, retoricamente – come voi sapete, il popolo sovente prende a pretesto il contenuto storico di un'opera, tramutandolo in politica. Sono sicuro che non vi sia bisogno di spiegarvi quale miccia per i facinorosi potrebbe essere la rappresentazione di un'opera come Tosca di fronte al sovrano.

Il quale perlomeno obbedisce a quanto gli si dice. Tutto merito del suo precettore, il caro vecchio colonnello Osio, che aveva un preciso concetto della libertà che toccava al suo pupillo: il Principe, diceva, è libero di fare tutto quello che voglio. Non come suo padre, che doveva fare lo splendido a tutti i costi. «Lasciatemi libero, sono in mezzo al mio popolo». Come no. Tre attentati in poco più di vent'anni. Se anche tu fossi il sovrano migliore del mondo, qualche stupido in giro c'è sempre; se poi ti metti a dare onorificenze a quelli che sparano sulla folla è come se tu stessi organizzando un concorso di Tiro al Monarca, altro che ginnastica.

– Voi temete quindi che qualcuno potrebbe utilizzare a fini politici un'opera lirica, un'espressione artistica...

– Parliamoci chiaro, direttore Bentrovati – troncò il tenente, stufo di essere preso per demente. – Il periodo che stiamo attraversando è pericoloso. Nel Centro d'Italia i braccianti scioperano, e il governo manda i militari a sostituire gli scioperanti nei campi. Vi sono rischi di sommosse ovunque. Il mio compito non è di sedare gli atti scellerati, ma di prevenirli. E di saper riconoscere una situazione potenzialmente atta a provocarli, o facilitarli. Se riconoscete che svolgo il mio compito in modo egregio... – il tenente, che era già dritto come un palo, dette l'impressione di addirizzarsi ulteriormente – ... siete tenuto a capire che evitare di esporre il Re a rischi eccessivi fa parte solo del mio compito.

– E quindi?

– Quelle che vi ho riferito sono le mie osservazioni. Non appena rientrato in San Rossore riferirò al mio comandante, il capitano Dalmasso, e insieme vi faremo sapere le nostre richieste per garantire la sicurezza del Re.

Sennò, niente Tosca.

Uno

Ogni direttore d'orchestra ha un proprio modo personale di adoperare la bacchetta.

In teoria, la bacchetta servirebbe per marcare il tempo, e dare il ritmo agli orchestrali, un po' come un tamburo per dei soldati in marcia; una volta, infatti, invece della bacchetta si usava una pesante mazza di legno che il direttore batteva sul palco con energia. Accadde purtroppo un giorno che Jean-Baptiste Lully, musicista di corte presso Luigi XV, dirigendo un *Te Deum* da lui personalmente composto al fine di ringraziare Nostro Signore per la ritrovata salute del sovrano, ribadì la mazza sul palco con tutta l'enfasi che la situazione richiedeva, ma con un pochino meno precisione, centrandosi il piede destro con forza.

L'ascesso che ne derivò, e il rifiuto di farsi amputare il piede, forse nella segreta speranza che in fondo l'Altissimo si sentisse un minimo responsabile del fattaccio e ponesse rimedio, portarono il fiducioso Lully alla tomba in un paio di settimane. Di lì a poco, i direttori d'orchestra adottarono la bacchetta: più pratica, più maneggevole e soprattutto più leggera.

Con la bacchetta, infatti, un direttore ha il diritto di fare di tutto: ci sono quelli che la usano solo come metronomo, e quelli che indicano la sezione dell'orchestra che deve entrare, o invitano il clarinetto a cui tocca un assolo a dare il meglio di sé. Ci sono quelli che usano sempre lo stesso gesto, e quelli che sembra che stiano suonando loro ogni singolo strumento; quelli di movimenti parchi, con la mano e il braccio che si muovono appena, e quelli che ad ogni fortissimo rischiano di cavare un occhio al primo violino; quelli che la usano con eleganza e gesto composto, e quelli che sembra che stiano facendo la maionese.

È vero, per carità, che alcuni movimenti hanno significato comune ed inequivocabile; una frustata della bacchetta dall'alto verso il basso significa «battere», un soave sollevamento dal basso verso l'alto significa «levare», una repentina sventagliata da destra verso sinistra significa «chiudere» e una ostinata grattatina tra collo e colletto significa «mi prude la schiena, abbiate pazienza ma non ce la facevo più».

Però, al di là di queste poche indicazioni universali, l'unica regola è che non ci sono regole.

Il che significa che ogni direttore d'orchestra usa la propria bacchetta nel modo che ritiene personalmente più opportuno.

– Scusi, come?

– Come cosa, caro?

Anacleto Laganà, terzo in ordine dei secondi violini, sentì le palme delle mani che gli si ricoprivano di sudore.

– Non sono sicuro di aver capito bene...

– Ah, ecco perché non becca una nota – rispose il direttore, maestro Renato Maria Malpassi, senza perdere un solo dente nella soavità del sorriso. – Oltre che distratto, con tutta evidenza il professor Laganà è anche sordo. Dicevo, caro professor Laganà, che la prossima volta che mi intona la nota calante sul terzo accordo prendo questa bacchetta e gliela ficco là dove non batte il sole –. Il maestro Malpassi alzò le sopracciglia. – Sono stato chiaro?

Anacleto Laganà annuì deglutendo.

Senza soffermarsi troppo sul pomo d'Adamo del suo secondo violino, il maestro Renato Maria Malpassi girò sull'orchestra uno sguardo divenuto sereno e tranquillo; lo sguardo di chi sa di essere in una posizione privilegiata, e di ritenere tale situazione assolutamente naturale.

– Allora, signori, repetita juvant. Si bemolle, La maggiore, Mi maggiore. In che relazione stanno, professor Barbana, i gradi di tonica del primo e l'ultimo di tali accordi?

– Sono un tritono.

Il sorriso del maestro parve aumentare, come se si fosse appena ricordato che anche i denti del giudizio avevano il sacrosanto diritto di vedere il mondo.

Peccato che, anche a guardare l'orchestra nella sua interezza, i denti sorridenti non superassero i trenta. Questo perché, in primo luogo, il maestro Malpassi aveva subito l'estrazione di due premolari in tempi non lontani, e in secondo luogo perché quando il m. M. iniziava con la sua maieutica dei fondamenti di armonia (ma anche di lettura della partitura, o pure di prassi esecutiva, insomma qualsiasi aspetto in cui un'orchestra possa commettere errori) sorridere sarebbe stato pesantemente fuori luogo.

– Meraviglioso. Sublime –. Sempre sorriso. – Un tritono. Detto anche?

– Diabolus in musica – rispose una voce che proveniva dalle vicinanze dei piedi dell'orchestrale.

– Eccellente. E perché, mi renda edotto, è detto in codesto modo bizzarro?

Romualdo Barbana, diteggiando sui tasti del corno inglese, si chiese se era davvero il caso di rispondere o meno. Dopo qualche secondo, la gerarchia l'ebbe vinta sul buon senso, e il buon Barbana risolse che forse era il caso di aprire bocca in modo deciso.

– Perché è...

– Perché è una dissonanza, signori miei – l'anticipò il maestro Malpassi, col tempismo che solo un grande direttore d'orchestra sa avere. – Una dissonanza. Un intervallo, cioè, che il nostro orecchio avverte come fastidioso. Se non intonate perfettamente, questa sensazione di sgradevolezza si perde. Non dovrebbe esservi difficile suonare in modo che all'orecchio risulti sgradevole: finora, anzi, ci siete riusciti a meraviglia. Vi chiedo solo di farlo anche laddove espressamente richiesto dalla partitura.

Dopo un rapido battere di bacchetta sul legno del leggìo, il maestro Malpassi alzò le mani, con entrambi i pollici giunti agli indici.

– Allora, signori, riprendiamo da capo. Ricordatevi che stiamo introducendo il tema di Scarpia. Ovvero, il personaggio più odioso, mellifluo e rivoltante con il quale abbiate mai avuto a che fare nel corso della vostra carriera.

Gli orchestrali non ebbero nemmeno bisogno di guardarsi.

L'esecuzione di Tosca richiede, date le indicazioni estremamente precise date da Puccini sulla partitura, un numero superiore ai cinquanta orchestrali: il tutto senza tener conto degli esecutori che la trama pone direttamente sulla scena, i quali gestiscono una gamma di strumenti che va dall'arpa al cannone.

Più di sessanta elementi, dunque, estremamente eterogenei per età, genere, competenza, idee politiche ed igiene personale, e che nelle due settimane di prova precedenti si erano trovati d'accordo su di un unico punto fermo, e cioè che il personaggio più odioso, mellifluo e rivoltante con il quale avevano mai avuto a che fare nel corso della loro carriera era, senz'ombra di dubbio, il maestro Renato Maria Malpassi.

– Maestro Malpassi...

Il maestro si fermò con la bacchetta a mezz'aria, nella tipica posa del direttore d'orchestra a cui rompono i coglioni, e rimase fermo un attimo, prima di voltarsi verso l'intruso.

– Allora... Oh, direttore carissimo. Venga, venga, direttore. Qual buon vento?

– Mi scusi, maestro, non ardivo disturbarla...

– Macché, macché! Nessun disturbo, si figuri. Anzi, un po' di pausa mi farà bene.

Ad essere sinceri, il maestro Malpassi non era sempre odioso. Con qualsiasi rappresentante del potere costituito, temporale o spirituale che fosse, e con chiunque avesse facoltà di licenziarlo, per esempio, il Malpassi era la creatura più amabile e spiritosa che si potesse desiderare.

Il direttore Bentrovati, per esempio, dirigeva alcuni dei più importanti teatri d'opera della Toscana, ragion per cui il Malpassi rotolò giù dal podio con tutta la sollecitudine che la sua mole gli permetteva e prese amabilmente il direttore sottobraccio.

– Allora, allora? Mi sa dire se il maestro Puccini ci farà l'onore?

– Ahimè, no, maestro. Ho testé ricevuto una lettera. Il maestro si profonde in scuse, ma precedenti impegni con il signor Tito e il signor Giulio Ricordi gli impongono di non allontanarsi da Milano.

E questo, dal punto di vista del Bentrovati, era un fastidio non di poco conto. Poter scrivere sulla locandina «Sarà presente l'autore» in bei caratteroni leggibili a dieci metri assicurava infatti che il compositore, nella fattispecie Puccini, aveva assistito precedentemente anche alle prove, e con la propria presenza adeguatamente ostentata sui cartelloni implicitamente avallava la qualità dell'esecuzione, il che permetteva di innalzare il prezzo del biglietto anche di mezza lira.

Il maestro Malpassi parve prenderla più sportivamente.

– Me ne dispiace assai. Avrebbe potuto essere una esperienza di notevole ispirazione, per lui, ascoltare una musica così nuova.

– In che senso, maestro?

– Be', dubito fortemente che sarebbe riuscito a riconoscere le proprie melodie, eseguite da questi scalzacani. Probabilmente avrebbe pensato a uno scherzo.

Il direttore guardò Malpassi.

– Siamo a questo punto, quindi? È proprio necessario?

– Ahimè, temo di sì – disse il Malpassi, con tono professionale.

– Mi dica, allora. Quali e quanti?

– Come orchestra, due violini primi, due violini secondi, il trombone, il controfagotto. Adesso non rammento i nomi, glieli scriverò stasera stessa.

Il direttore annuì, con aria grave. Sei strumentisti da protestare, a una settimana dalla rappresentazione, non era una barzelletta.

– Come cantanti, l'Angelotti è semplicemente imbarazzante – continuò Malpassi. – Per non parlare del coro. Se buttassimo in Arno ogni corista che non è in grado di cantare, probabilmente si intaserebbe la foce e saremmo vittime di una piena. Ma avanti, lo spettacolo si deve pur fare, no?

– Sì, senza dubbio... Che c'è?

Lo Strambini, factotum del teatro da prima ancora che esistesse, si era infatti posizionato a qualche metro dal direttore circa un minuto prima, confidando che prima o poi sarebbe stato avvistato.

– Mi scusi, signor direttore – disse lo Strambini con la sua vocetta acuta – il signor capitano Dalmasso e il signor tenente Pellerey la aspettano nel suo ufficio.

– Eccoci. Mi scusi, maestro, ma la devo...

– Per carità, per carità. La lascio tornare al suo ufficio, e torno al mio, a cavar sangue dalle rape acerbe. Le scriverò, allora, stasera stessa.

– A stasera, allora.

– No, capitano. Quello che mi chiedete non è possibile.

Il direttore guardò il capitano Dalmasso allargando le braccia, con le palme all'insù. Il tenente Pellerey, nel frattempo, stava in piedi accanto al capitano Dalmasso, espressivo come un bassorilievo.

– Possibile? – rispose il capitano. – Non solo è possibile, ma anche necessario. Permettete?

Il capitano Ulrico Dalmasso, comandante in capo delle Guardie Reali, si sedette di fronte alla scrivania del direttore, appoggiando il fondo dei pantaloni sull'estremità anteriore della seduta a due, massimo tre ångstrom dalla fine della stessa.

– Sull'inopportunità della scelta dell'opera, abbiamo già discusso. Sono emersi, nel frattempo, ulteriori elementi che ci fanno pensare che la pericolosità della manifestazione sia anche maggiore di quello che temevamo.

– Pericolosità? Maggiore? Ma, signor capitano, si tratta di un'opera di Puccini...

– Per l'appunto – proseguì il capitano dopo aver dato un'occhiata al tenente, che continuava a giocare alla scultura. – Giacomo Antonio Domenico Michele Secondo Maria Puccini, nato a Lucca il 22 dicembre 1858. Così come a Lucca, e per la precisione a Santo Stefano di Moriano, è nato Giovanni Andrea Pieri. Vi dice niente questo nome?

– Mah, così su due piedi...

– Giovanni Andrea Pieri, insieme a Felice Orsini e Carlo di Rudio, ha organizzato e messo in atto l'attentato contro l'imperatore Napoleone III, a Parigi, quasi cinquant'anni or sono.

E a noi che ce ne frega?

– Forse vi interesserà sapere che le famiglie del Puccini e del Pieri sono legate da intima amicizia.

Ah, ecco.

– Così come da intima amicizia il Puccini è legato a Giovanni Casella.

E chi è questo qui?

– Giovanni Casella, arruolatosi con il nome mendace di John James, ha fatto parte del 7° reggimento cavalleria agli ordini del generale Custer. Lo stesso di cui faceva parte il nobile bellunese Carlo di Rudio, il terzo degli attentatori. Presero parte, insieme, all'assalto di Little Big Horn.

Tutto vero, tranquilli. Né il capitano né tantomeno lo scrivano si stanno inventando balle. A Little Big Horn avevano combattuto parecchi italiani, agli ordini del generale Custer; in aggiunta ai citati, il campano Giovanni Martini e il torinese Felice Vinatieri, oltre ad una dozzina di meno noti che, abbastanza curiosamente, si salvarono tutti dal massacro, a dimostrazione di come l'Italia, dal Nord al Sud, sia un paese unito e unico nell'arte sempre utile di salvare la pelle.

– È assodato come, tornato in Italia, il Casella strinse con il giovane Puccetti...

– Puccini.

– ... una solida relazione di amicizia. Raccontandogli storie, aneddoti e arguzie riguardanti le loro imprese, le quali presumibilmente hanno avuto facile presa sull'animo romantico del Pucciotti.

– Scusate, ma non vi seguo.

– Come voi saprete, direttore, l'attentato a Napoleone III venne portato per mezzo di ordigni al fulminato di mercurio, meglio noti come «bombe all'Orsini».

E pure questo particolare, si sa, fa parte della realtà storica. Le bombe all'Orsini, ovvero il mezzo meno preciso mai progettato per uccidere un regnante, erano delle ogive di ghisa piene di esplosivo e irte di capsule di fulminato di mercurio, che innescavano l'esplosione rompendosi al momento dell'impatto. Tali pittoreschi ordigni furono usati in diversi attentati nella seconda metà dell'Ottocento, da Parigi a Barcellona, con il poco accurato risultato di provocare 58 morti tra la folla, tra cui zero teste coronate. Da un punto di vista tecnico, dei gioiellini; da un punto di vista storico, qualsiasi esso sia, un disastro.

– Voi sapevate – proseguì il tenente, perfidamente – che nella strumentazione originariamente suggerita dal compositore per Tosca, oltre ai cannoni, figurano anche le suddette bombe all'Orsini?

– E voi come lo sapete?

Qui le domande le faccio io, rispose lo sguardo del capitano Dalmasso.

– Noi riteniamo che non solo l'opera sia di contenuto palesemente sovversivo, ma anche che il compositore, questo tale...

– Giacomo Puccini.

– ... sia un pericoloso agitatore politico, il quale è intenzionato a servirsi dell'opera per sobillare le folle.

– Ma questo è ass...

– Voi sapevate che il Puccini non solo segnalò personalmente all'editore Ricordi l'opera teatrale, facendogliene acquisire i diritti, ma dopo che il suo editore aveva già assegnato la composizione dell'opera a un altro musicista, il maestro Franchetti, pretese con ogni mezzo che l'opera gli venisse assegnata?

– Capitano, io credo che qui ci sia un equivoco...

Eh sì, l'equivoco c'era, ma non era quello che pensava il direttore Bentrovati.

Secondo il tenente Pellerey, semplicemente, l'equivoco era stato far diventare capitano delle Guardie Reali un cretino come il capitano Ulrico Dalmasso.

Il capitano, dopo qualche secondo di silenzio, riprese la parola.

– Qui non v'è alcuna possibilità di equivoco, signor direttore. Ditemi, solitamente il Puccini dirige le proprie opere personalmente?

– Ma... No, non necessariamente. Anzi. Sarebbe impossibile.

– Appunto. Ora, ditemi, in quale città italiana alligna il maggior numero di anarchici?

– Be', non è certo Pisa – rispose il direttore, sorridendo. – Senza dubbio, anzi, è Carrara. Non siete d'accordo?

– Pienamente. E, ditemi, siete a conoscenza di quale città il Puccini ha scelto, unica fra le tante, per dirigervi la sua Tosca personalmente?

Al direttore, che ne era a conoscenza, andò via il sorriso.

– Carrara, l'aprile scorso – disse, come se ammettesse.

– Carrara, l'aprile scorso – approvò il capitano. – Ora, signor direttore, è nostra fondata opinione che il Puccini si sia recato a Carrara, profittando della presenza dell'opera in cartellone, con lo scopo recondito di organizzare una o più future sommosse o attentati all'ordine pubblico.

Una delle prerogative inderogabili del cretino è quella di individuare, dopo che è accaduto un fenomeno di qualsiasi tipo, la spiegazione più comoda e naturale per il proprio punto di vista, rifiutandosi pervicacemente di considerare il fatto che ce ne sono altre centomila, tutte molto più plausibili della propria. Dipende tutto dal numero di informazioni che abbiamo, e dalla consapevolezza che ne esistono altre che non abbiamo.

In un mondo fisico che è notoriamente a tre dimensioni, è piuttosto facile capire che la fotografia in cui un tizio sorregge la torre di Pisa con le mani è data da un gioco prospettico, e solo nel mondo incorniciato dalla fotografia, che di dimensioni ne ha due, riusciamo a illuderci per un attimo del fatto che esistano persone così forti da sorreggere una torre. Se siamo consapevoli che le dimensioni sono tre, comprendiamo al volo che la fotografia in questione è una proiezione, un'illusione ottica; ma se fossimo nati e vissuti in un mondo a due dimensioni, sarebbe molto difficile liberarsi del punto di vista che il fotografo ci ha obbligato ad assumere. Quando siamo convinti che quello che sappiamo sia tutto quello che serve per capire, comportarsi da cretini è molto più facile di quanto non sembri.

– Capitano Dalmasso – disse il direttore, con la voce di chi non riesce più a nascondere la convinzione di rivolgersi, per l'appunto, ad un cretino – io credo che qui si stia sinceramente passando il segno.

Il tenente Pellerey, a quelle parole, divenne impercettibilmente più espressivo: non troppo, diciamo come un capitello corinzio.

– Il maestro Puccini, che a mio parere è libero di avere le opinioni politiche che più gli aggradano, è uno dei nostri compositori più ammirati e stimati in tutto il mondo. Se non dirige personalmente le proprie opere è proprio perché i più rinomati direttori d'orchestra, tra cui Arturo Toscanini e Leopoldo Mugnone, si accapigliano letteralmente per avere il privilegio di poterle interpretare. Se questi sono gli argomenti a cui vi appellate per ritenere fondata la possibilità di un attentato, non so veramente come fare per darvi ascolto.

– Questo, signor direttore, è affar vostro. Io non dirigo il teatro, io mi occupo della sicurezza del mio

Re. Vi lascio qui il tenente Pellerey, che già conoscete, per discutere con lui i dettagli. I miei rispetti, signor direttore.

Dopo aver schioccato i tacchi, necessaria colonna sonora all'uscita di scena del capitano Dalmasso, il tenente Pellerey fece un piccolo sbuffo con le narici; appena percettibile, ma per uno con la sua educazione e la sua provenienza era un gesto equivalente a infilarsi i gomiti nel naso.

Un particolare che sarebbe sfuggito a tanti. Ma il direttore Bentrovati, per natura e per lavoro, era nei pochi.

– Signor tenente – disse, con fare prudente, il direttore – posso rivolgervi una domanda?

– Per servirvi, signor direttore.

– Che cosa ne pensate delle argomentazioni del vostro capitano?

Non c'è niente di più fastidioso, in una discussione, che essere d'accordo con qualcuno del nostro schieramento nelle conclusioni, ma per motivi differenti.

Il tenente Pellerey, pur essendo assolutamente convinto che le misure di sicurezza proposte per la serata del primo giugno fossero quelle necessarie, aveva provato autentica sofferenza nel rimanere sull'attenti mentre il suo capitano delirava. Puccini era il massimo compositore italiano, e meritava rispetto, punto. Il Re aveva bisogno di un cordone di sicurezza, e la sua sicurezza meritava rispetto, punto. Le due cose erano innegabili, e al tempo stesso disgiunte.

– Posso capire che esse vi appaiano ardite – concesse il capitano Pellerey.

– Ardite? – Il direttore mise le mani avanti. – Perdonate, vi capisco, nella vostra posizione non potete che definirle tali. Io però non sono agli ordini del signor capitano Dalmasso, e non posso fare altro che trovarle delle solenni baggianate. Sappiate che non ho alcuna intenzione di ottemperare alle vostre richieste, sulla base di quanto mi è stato appena detto.

– Vi comprendo – disse il tenente, in tono mesto.

Il direttore, come detto, capiva gli uomini.

– C'è dell'altro?

– Devo chiedervi la vostra assoluta discrezione – rispose, dopo un secondo, il tenente Pellerey.

Il quale capiva gli uomini anche lui.

Il direttore ascoltò il tenente Pellerey in silenzio, con le mani giunte sopra la scrivania, senza proferire parola. Nemmeno un perbacco!, un cospettone!, o un'altra di quelle interiezioni estremamente poco credibili che affollano i dialoghi dei romanzi di inizio Novecento, e che sarebbero state piuttosto inadeguate alla crudezza del racconto. Solo quando il tenente ebbe terminato, annuì lentamente.

– Capisco.

– Vedete, signor direttore...

– Per carità, tenente – disse il direttore, alzando una mano. – Quello che mi avete detto giustifica pienamente le vostre richieste. Adesso, se posso permettermi, capisco per quale motivo siate così preoccupati. E sia. Avrete tutto quello che vi serve.

Si udì bussare alla porta, in modo discreto.

– Bene, tenente, come detto io vi debbo lasciare. Ci vedremo domani, per i dettagli.

– Vi ringrazio sinceramente, signor direttore.

– Mi scusi...

– Prego, prego, signor...

– Ernesto Ragazzoni, signor direttore. Ci eravamo accordati per un'intervista a lei e agli artisti, si rammenta?

– Certo, certo. Va tutto bene?

– Assolutamente. Ci siamo solo urtati entrando. O meglio, io entravo, mentre il tenente stava uscendo –. Il Ragazzoni voltò un attimo lo sguardo (o, come si diceva all'epoca, il guardo) all'indietro, a seguire il tenente Pellerey, che scendeva la scala massaggiandosi lievemente il costato. – Tenente, no?

– In effetti, sì. Tenente Pellerey, delle Guardie Reali.

– Sì, devo ammettere che anch'io sceglierei uno così, come guardia personale. Sembra scolpito nel mogano –. Il Ragazzoni si massaggiò una spalla. – Involontariamente, eh, ma gli ho rifilato una gomitata nelle costole, e quello che si è fatto male sono io. Credo che lui manco se ne sia accorto.

Così come non si è accorto che stavo origliando, e che ho sentito tutto.

Che Gaetano Bresci è stato trovato morto in cella.

E le circostanze della morte non sono affatto chiare.

Due

Oggi, dirà qualcuno, è una bella giornata. Il sole fa il suo dovere alto nel cielo, orgoglioso e indifferente alle umane miserie, i passeracei cinguettano ascosi tra le frasche la loro preghiera di ringraziamento al Signore per averli fatti nascere col dono del volo, e l'anarchico Gaetano Bresci è morto. Il pazzo criminale Bresci, o la belva umana Bresci, come lo stesso foglio che leggete adesso ebbe a definirlo.

Si è suicidato, il Bresci, da pazzo criminale qual era. Non parendogli sufficiente aver tolto la vita a qualcun altro, ha rivolto la propria furia omicida contro se stesso, con tale forza di volontà da riuscire ad impiccarsi con un asciugamano, effetto personale il cui possesso era vietato, e fu capace di non produrre il minimo rumore nonostante le catene che gli costringevano i piedi. Fu talmente silenzioso e discreto nella sua furia, il Bresci, che nemmeno la guardia carceraria che lo sorvegliava a vista si avvide di nulla.

Ma doveva essere morto dentro già da parecchio, la belva umana Bresci, se il medico che eseguì l'autopsia lo trovò in stato di decomposizione di gran lunga troppo avanzata per un uomo deceduto da sole 48 ore.

E noi siamo fiduciosi in questa ricostruzione, che invoca in pari grado capacità umane e potenze divine, le quali necessariamente debbono essere intervenute per favorire la belva umana Bresci nel suo proposito; lo troviamo opportuno, dato che le bontà divine non possono non aver sofferto per l'omicidio del nostro caro e buono Re Umberto, il sovrano «più buono, più mite, più affezionato al suo popolo», come già queste colonne opportunamente lo definirono. Pur se cattolici, e adusi a lunghe teorie di santi e di beati, preferiamo di gran lunga credere alla potenza del buon Dio che a quella di Sant'Antonio.

Il capitano Dalmasso, abbassato il giornale, guardò il tenente Pellerey.

Viceversa, il tenente Pellerey continuò a guardare dove guardava prima.

– Sappiamo chi sia questo tale?

– Signornò, capitano. Ho mandato stamane stesso un telegramma al quotidiano, al direttore Frassati, chiedendogli lumi. La risposta è arrivata adesso.

Il tenente, portata la mano al taschino, slacciò il bottone e ne trasse un portafogli assicurato all'asola con un moschettone.

Con due dita tese, porse il foglio al capitano Dalmasso, che lo aprì e iniziò a compitare a voce alta:

– Articoli quotidiano non firmati per salvaguardia autore. Stop. Se articolo contiene inesattezze pregasi segnalarle. Stop –. Il capitano Dalmasso piegò il foglio. – Non ci speravamo, ma si doveva tentare. E inesattezze non mi sembra che ce ne siano. Anzi, ho l'impressione che il signor scribacchino di informazioni giuste ne abbia da vendere. Quest'allusione a Sant'Antonio è sin troppo chiara.

Il tenente Pellerey, pur restando immobile, riuscì a dare l'impressione di aver fatto un cenno di assenso con il capo.

Per coloro che non siano mai stati in galera all'inizio del Novecento, e che si presume siano una larga maggioranza, è forse necessario spiegare che il cosiddetto *Santantonio* era una simpatica usanza di benvenuto con cui i secondini delle carceri di tutto il Regno accoglievano i detenuti particolarmente celebri, e che consisteva di due fasi: dopo aver coperto il detenuto con un sacco (fase uno) lo si copriva di legnate (fase due) finché il dolore non diventava talmente forte da risultare insopportabile. A quel punto le guardie carcerarie posavano finalmente i bastoni per dare un po' di sollievo alle mani e alle braccia, che come detto dopo un po' bruciavano per tutto quel menare. Non di rado, nel frattempo, il carcerato non riusciva a capire lo scherzo, e invece di ridere tirava le cuoia. Per quale motivo questa pratica prendesse nome dal santo patrono delle bestie, credo non sia necessario specificarlo.

– Sono sicuro che lei comprende da solo, tenente Pellerey, l'entità della sua leggerezza.

Ma, nel dubbio, meglio essere sicuri. Anche se corpi scelti, sempre di carabinieri si tratta.

– Lei – cominciò il capitano, con lo sguardo rivolto allo scrittoio – dopo non essere riuscito nel nostro intento di convincere il direttore Bentrovati a fornirci l'appoggio logistico che ci è necessario, non ha trovato di meglio che confidargli informazioni riservate per ottenere il nostro scopo.

Mentre il tenente Pellerey continuava nella sua riuscitissima imitazione di un bassorilievo, il capitano Dalmasso alzò lo sguardo.

– E quando gliele va a confidare? Subito prima che riceva un giornalista, come da lui stesso comunicatole nel corso del colloquio. Era difficile prevedere che il direttore ne avrebbe fatto cenno con il giornalista?

Il direttore mi aveva assicurato che non ne avrebbe fatto parola con nessuno, signor capitano. E mi era sembrato sincero, signor capitano. Anzi, sono sicuro che il direttore era sincero, signor capitano. Io so valutare le persone, signor capitano. Non mi spiego come possa aver fatto uno sbaglio simile, signor capitano. Tutto questo, ovvio, solo come soliloquio. Il tenente Pellerey era già abbastanza negli escrementi senza bisogno di mettersi a parlare quando non interrogato. La domanda, il tenente lo sapeva, era vistosamente retorica.

– Era difficile prevederlo, tenente Pellerey?

– Signornò, signor capitano.

– Il direttore ha comunque confermato che ottempererà alle nostre richieste per la sicurezza di Sua Altezza?

– Signorsì, signor capitano.

– Bene. Dopo una simile pubblicità, ne avremo bisogno.

Il tenente Pellerey respirò. C'era da aspettarsi molto peggio.

Gianfilippo Pellerey era in forze al reggimento delle Guardie Reali da due mesi appena: pochi per abituarsi completamente al nuovo status di corpo scelto, pochissimi per riuscire a prevedere in che modo si sarebbe comportato il capitano Dalmasso.

Dopo qualche settimana, aveva ipotizzato un suo personale modello. Pensa a quello che faresti tu, si diceva il tenente: il capitano, semplicemente, farà il contrario.

– Sissì, solo ed esclusivamente nel momento del bisogno – disse l'uomo con le basette da nostromo. – Non si offenda, signor giornalista, ma non avrei mai creduto un giorno di poter usare questo foglio per qualcosa d'altro che non fosse pulirmici il culo.

– Via, Caronte, adesso non esagerare – rimbrottò il tenore Ruggero Balestrieri.

Tutti gli esseri umani, chi più chi meno, sono uguali. Di sicuro, al Caffè dell'Ussero è difficile distinguerne uno dall'altro: tra il fumo dei sigari e i fumi dell'alcol, si può essere certi solo del fatto che ci si trovi tra maschi. Un po' perché al Caffè dell'Ussero le donne non vanno, un po' perché, anche in mezzo a tutte le esalazioni esterne e interne, si vede bene che non c'è un avventore senza peli in faccia.

A sforzarsi un momento, se uno fosse interessato, troverebbe comunque un tavolino in cui i suddetti ornamenti sono per lo meno disomogenei. Ci sono, per esempio, i baffetti e il pizzo ben curato tipici di un cantante lirico che interpreta un pittore; ma, sulle sedie intorno, si possono scorgere anche ben altre pelurie. Ci sono baffi alla tartara, folti basettoni da nostromo, ispidi tappeti tipici di chi la barba la porta per incuria, e non per scelta, e per finire un bel barbone nero, cui di tanto in tanto il proprietario prende tra le dita un ciuffetto, lo lavora affusolandolo tra le falangi e infine se ne ficca l'estremità in bocca, degustandolo come se fosse un sigaro pregiato. Se, dalla descrizione, supponeste che il proprietario della barba nera sia il Ragazzoni, sareste nel giusto; se, dal comportamento, deduceste che è bello gonfio di vino, anche.

– Io esagero? E loro cosa hanno fatto? – Il portatore dei basettoni da nostromo mostrò il giornale, tenendolo con due dita, come qualcosa di particolarmente schifoso. – Chi è stato a definire Re Bombarda «il più buono, il più mite, il più affezionato al suo popolo»?

E qui l'uomo indicò il foglio col dito indice, col risultato di traforarlo con un suono netto. Del resto il dito, oltre a essere grosso come il polso di un cristiano standard, praticamente privo di articolazioni e inamidato nella polvere di marmo, era attaccato a Bartolo Amidei, detto Caronte, cavatore di Carrara. Ogni ulteriore descrizione, dopo l'ultimo genitivo, sarebbe sinceramente superflua.

– Meno male che era così affezionato al suo popolo. Così ai manifestanti gli ha fatto solo sparare. Te l'immagini se gli si stava sui coglioni? Fucilava i bimbi dell'alimentari?

– Si dice elementari, bestia – corresse con tono paziente il tenore Ruggero Balestrieri.

– E chi c'è mai andato? – rispose Caronte. – Te, hai studiato. E anche il signor giornalista si vede che ha studiato tanto.

– Davvero – approvò un altro cavatore. – E l'ha messo a frutto. Scritto proprio bene bene, sa, signor Ragazzoni. Ma perché uno intelligente come lei scrive per quel fogliaccio dei monarchici?

– Ahimè, io lavoro per chi mi paga – rispose il Ragazzoni, con studiata mestizia. – Come lei, signor Castriota.

– Tarallo. A me mi chiaman tutti Tarallo – precisò il secondo cavatore, che sembrava scolpito in una varietà di marmo di qualità solo lievemente inferiore a quella usata per dare al mondo Caronte. – Signor Castriota lo usano solo quando c'è da portarmi in galera. Qui di signori non ce n'è.

– A parte Ruggero, eh – si inserì un terzo cavatore, che se il Ragazzoni non aveva capito male era soprannominato Barabba.

– E il signor Ragazzoni – corresse il tenore Ruggero Balestrieri, magnanimo.

– E il signor Ragazzoni, certo – approvò Barabba, che in realtà non era certo di poter classificare al di sopra del volgo uno che andava al caffè in quello stato, con i pantaloni a fisarmonica e le pantofole.

– Ora però, ragazzi, lasciate in pace il signor Ragazzoni, sennò non ce la faremo mai a fare questa benedetta intervista. Dico bene?

Sì, più o meno. Perché a voler essere puntigliosi il Ragazzoni non si era mai sognato di chiedere un'intervista al Balestrieri, ma si era semplicemente presentato come inviato de *La Stampa*. Il tenore Ruggero Balestrieri, però, era un cantante lirico: per lui, giornalista faceva rima solo con intervista. Al tenore Ruggero Balestrieri, ovvio.

E così, il Ragazzoni si era ritrovato in mezzo a quella improbabile combriccola, composta da un tenore e quattro cavatori, scoprendo con piacevole sorpresa di essere accomunati da una cosa sola, ma molto, molto importante. Ovvero, l'anarchia.

– Assolutamente – si adattò il Ragazzoni. – Senta, se lei è d'accordo le chiederei per quale motivo si è giunti a decidere di cambiare uno degli interpreti principali, il basso Menegazzo, il quale avrebbe dovuto interpretare Angelotti, a soli sei giorni dalla recita.

Il tenore Balestrieri alzò le spalle, liquidando la cosa come fatterello di poca importanza, come fa un vero artista di palcoscenico laddove non si parli di lui.

– Questioni che poco hanno a che vedere con la musica, caro il mio. Michele Menegazzo è un ottimo basso, e lei si può immaginare del resto quanto restìo io sarei stato a dividere il palco con musicisti meno che preparati. Semplicemente, Menegazzo è socialista. Così come socialisti o anarchici sono i professori d'orchestra che, guarda caso, il nostro caro maestro Renato ma soprattutto Maria Malpassi ha trovato opportuno protestare.

– Ah – commentò uno dei cavatori, quello che gli altri chiamavano Tamburello.

– E quindi è sempre per questo motivo che il sostituto proposto, il baritono Parenti, è stato rifiutato?

– No, Parenti è stato rifiutato dal resto della compagnia. Ho provato a convincerli, ma ha ragione Tamburello: con le teste di legno non si ragiona, si può solo picchiarci sopra.

– Be', non si può dar loro torto, però – osservò il Ragazzoni, con voce alcoolica ma neutra. – Teseo Parenti non canta da anni.

– Sì, ma per motivazioni che non hanno nulla a che fare con la musica. Sarebbe troppo lungo spiegare.

– Ma non è quello che porta merda? – chiese Tarallo come chi sa quello che dice.

– Ecco, appunto – commentò il tenore Ruggero Balestrieri, con un sorriso amaro. – Uno passa la vita a combattere contro le superstizioni dei preti e degli altri manigoldi, ed ecco il risultato. Meno male che ci siete voi, alfieri del progresso. Andiamo bene, andiamo.

– Quindi non è stato il Malpassi a rifiutare Teseo Parenti – continuò il Ragazzoni.

– No, stavolta no. Non che non avrebbe potuto farlo. Il maestro Malpassi manda via mezza orchestra d'abitudine. Credo abbia protestato qualsiasi europeo che abbia tenuto un arco in mano. Sa, il maestro Renato ma soprattutto Maria Malpassi è un po' umorale. Lo si sa un po' tutti, in teatro. L'unico che non allontanerebbe mai è il maestro d'armi.

– Il maestro d'armi?

– Pierluigi Corradini. Forse lo avrà scorto, bazzicando per il teatro. Quel signore alto, distinto, elegante di mosse e di vestiario.

– Ma perché, è finocchio anche lui? – tradusse Caronte.

– V'è più d'un sospetto – si tenne vago il tenore Ruggero Balestrieri. – Diciamo che lui e il direttore sono un po' come Eurialo e Niso. Collaborano da tempo immemorabile. Insegna agli artisti a tirare di scherma, a tirare col moschetto, tutte queste cose qui. Siamo tutti suoi allievi, più o meno. Anche io ho imparato a tirare di scherma e col moschetto sotto la sua guida. Qualcuno sa che ore siano?

Quello nominato Tarallo si levò di tasca il cipollone:

– Mah, son quasi le undici.

– Ah, però. Ben tardi.

– Sì, sarebbe anche ora di levare mano – disse Caronte. – Noi si pensava d'andare al casino. Vieni con noi, Ruggero?

– Ahimè no, amici miei. Stasera ho da fare in teatro.

– Ha da fare in teatro, lui. Mi sa che a te il maestro d'armi, oltre che a tirare col moschetto, t'ha insegnato anche a sganciare i moschettoni.

– State pur tranquilli che a me continua a garbarmi la cara vecchia bernarda – rassicurò il Balestrieri. – Fatemi andare, a proposito, che non sta bene far aspettare le signore. Fate i bravi, mi raccomando.

– Paghi te?

– Come sempre.

– Sembrate buoni amici, voi e il Balestrieri.

– Amici, sì – confermò Caronte. – Siamo cresciuti assieme, i suoi genitori e i miei. Ma lui già da piccino aveva questa voce che sembrava venire da un'altra parte.

– Davvero – confermò Barabba. – Lo sa com'è che s'è messo a cantare, il Ruggero? Lo usava suo padre come messaggero. Quando c'era da dirsi le cose, da un punto all'altro della cava, lui diceva: «bimbo, avverti». E Ruggero tirava fuori certi berci che nemmeno un lupo con un coglione nella tagliola. Lo sentivano fino al mare. Poi lui è diventato tenore, ha girato il mondo. E noialtri siamo restati a Caràra a cavar marmo.

– Già, a proposito: come mai siete qui a Pisa?

Tarallo si esibì in un sorriso stretto:

– Anche noi si va dove ci pagano – disse, con una «o» talmente aperta da tradire le sue origini non propriamente carrarine. – In questo caso, ci pagano perché il Re non veda cose che lo possano disturbare. Dobbiamo correggere il Battistero monumentale.

– Correggere?

– Eh sì, correggere. Lei è mai stato in piazza dei Miracoli, signor Ragazzoni?

– Certo.

– Ha visto la corona di santi che contornano il Battistero?

– L'ho vista, l'ho vista. Garibaldi compreso. Mi ero chiesto se fosse solo una mia impressione, ma adesso...

– Ha la vista buona, lei.

– Vero?

– Eh, sì. Buona, ma non perfetta. Sennò avrebbe visto anche Mazzini.

– C'è anche Mazzini?

– Certo. Quinto da destra, contando dal portale. È stato mio zio a farlo, sa?

– Davvero?

– Assolutamente.

Corre l'obbligo qui di specificare che, sì, i cinque rimasti al tavolino sono effettivamente ubriachi, ma non così tanto da immaginarsi bassorilievi romanici a forma di personaggi risorgimentali. I bassorilievi in questione c'erano, e come: allegro sacrilegio compiuto anni prima, nel corso del restauro del 1883, che aveva rimesso in sesto il vetusto ma prestigioso pilozzo per peccati originali. E, se proprio lo voleste sapere, ci sono ancora. I capitelli, s'intende.

– Mio zio lavorava qui come scalpellino per Francesco Storni, e fece tutto il restauro dell'Ottanta. E si presero questa licenza, chiamiamola così, scultorea. E nessuno ha mai detto niente.

– Fino a oggi.

– Esattamente. Pare che la Sovrintendenza, quando Sua Bassezza ha annunciato la propria visita a Pisa, si sia spaventata che tale vista potesse offendere il Re, e quindi ci ha assoldato per sostituire le due figure. Io e Tamburello stiamo ultimando un San Vitale, e Barabba e Caronte un San Gaspare.

Che s'ha da fare, per campare, dissero le facce degli altri cavatori. Per fortuna, col savoir faire dell'uomo di mondo, Caronte cambiò discorso con energia:

– Allora, signor Ragazzoni, a lei la scelta. Cosa preferisce, la topa o il pesce gatto?

– In che senso?

– Noi di solito a quest'ora si fa due cose. O si va in via delle Belle Donne, o si va a pescare nella tenuta di

San Rossore. Oggi però al casino è anche inutile andarci, hanno cambiato la quindicina giusto ieri. Secondo me c'è troppo da aspettare.

– Pescate di frodo?

– No no, ci s'ha il permesso. Guardi –. E Caronte mostrò al Ragazzoni due mani grosse come carri armati. – Questo è quello per le cèe, e questo è quello per l'anguille.

– Ma non sarà pericoloso?

– Se ha paura dei militari, stia tranquillo. Gliel'ho detto, stasera al casino ci sarebbe da aspettare parecchio. Come minimo son tutti lì.

– Ah, allora per me non ci son dubbi. Preferisco pescare di gran lunga.

Anche perché, con tutto quello che ho bevuto, più probabile tirare su una tinca che altro. Il Ragazzoni, con entusiasmo e con un certo impegno, si disincagliò dalla sedia, rimettendola poi sotto il tavolo con un certo numero di manovre.

– Eccomi qua, son bell'e pronto. Che succede?

– Mi posso permettere un consiglio da ignorante, a lei che ha studiato tanto?

– Ma certamente.

– Bene. Io se fossi in lei, per venire a pescare, me le cambierei, codeste pantofole.

Tre

– *Risolvi!* – intimò Scarpia, con voce melliflua ma decisa.

E il direttore Bentrovati, guardandosi intorno, risolse che era il caso di alzarsi e di andare a dare un'occhiata in giro, prima che finisse il secondo atto. Tanto, per una mezz'oretta buona non c'era niente da sentire.

Per carità, Puccini era un grandissimo: ma quell'opera, escluse le arie, era veramente fastidiosa. Situazione datata, passaggi melodici a dir poco sperimentali. E poi un cannone in scena, via. L'opera era come tutte le altre opere di Puccini: alcune arie e duetti meravigliosi immersi in una marmellata di note che servivano solo ad annoiare lo spettatore quel tanto che bastava per fargli apprezzare ancora di più il momento della romanza.

Non che ci fosse qualcosa da lamentarsi, per carità. Il tutto, fino a quel momento, era andato a meraviglia. Clima perfetto, esecuzione impeccabile e, soprattutto, teatro pieno come un uovo.

Uscito alla luce del foyer, il direttore tolse di tasca il quotidiano e rilesse, stavolta gustandoselo, l'articolo di costume. Non come quando l'aveva letto la prima volta, quella mattina, fra dubbi e preoccupazioni d'ogni sorta.

Sarà un peccato per chi non c'è, stasera, quando la città di Pisa darà ufficialmente il benvenuto a Sua Altezza Reale Vittorio Emanuele III, *al Teatro Nuovo, con la rappresentazione di Tosca, l'ultima opera del maestro Giacomo Puccini, che condivide con il nostro beneamato sire la passione per il litorale che, riuscendo in un'impresa per pochi, unisce le province di Pisa e Lucca.*

Ci sarà il Re, com'è ovvio, e ci saranno i più alti notabili della città: il Comune sarà rappresentato dal sindaco Giuseppe Gambini, insieme all'illustre clinico Giovan Battista Queirolo, consigliere comunale, che fu autore di un elogio funebre del defunto Umberto I *talmente toccante e profondo che ne giunse l'eco in tutta Italia.*

E il Re, in effetti, era arrivato. Si era accomodato sul palco, si era presumibilmente alzato in piedi per l'esecuzione della Marcia Reale, e adesso se ne stava lì, rigido e vacuo, nel palco reale: il posto migliore del teatro, per lo spettatore più annoiato del medesimo.

Non ci sarà, contrariamente a quanto sperato, il maestro Puccini, il quale non ha mancato di rendere omaggio al sovrano e alla cittadina con due espressivi telegrammi.

E nonostante questo, teatro pieno. E prezzi belli carichi: se con Puccini il direttore poteva sperare di alzare il biglietto di cinquanta centesimi, grazie alla presenza di Sua Maestà aveva potuto osare di alzarli anche di una lira e mezzo. C'era gente talmente gadolla da dare più significato alla presenza del Re che non a quella di Puccini, ed era quella che, con tutta evidenza, aveva soldi da spendere.

Ci sarà invece, fortunatamente per gli amanti della musica, il maestro Renato Maria Malpassi, nonostante lo sciagurato incidente occorsogli tre giorni or sono, quando uscendo dal teatro dopo aver diretto la prova generale venne assalito da alcuni ceffi dal volto coperto che, dopo averlo fermato con discorsi pretestuosi, gli preclusero la vista con un sacco e gli usarono violenza, pare intimandogli al fine di non presentarsi a dirigere.

E questo aveva seriamente rischiato di mandare a ramengo l'intera rappresentazione. Tre sere prima, infatti, il maestro Malpassi era stato intercettato da quattro tizi con il berretto calato sugli occhi, che gli avevano spiegato come il suo modo di dirigere e di scegliere gli strumentisti non garbasse loro affatto; per essere sicuri di avere tutta la sua attenzione, prima di introdurgli il concetto i quattro lo avevano immobilizzato e gli avevano riorganizzato l'apparato muscolo-scheletrico a randellate. Secondo il Malpassi, gli aggressori avevano un pesante accento di Carrara; secondo il medico, gli aggressori avevano dei pesanti bastoni di rovere. Entrambi particolari che avevano rischiato di avere conseguenze più pesanti ancora.

Non sono pochi coloro che ravvidero, in questo increscioso episodio, un tentativo di esacerbare gli animi: e plaudiamo alla decisione del Maestro, che presentandosi stasera di fronte all'orchestra darà all'uditorio con la sua maestria una lezione di musica, e con la sua presenza stessa una lezione di civiltà.

Il direttore Bentrovati scosse la testa, leggendo. Sembrava un raccattato per la strada, quel giornalista, ma il suo mestiere lo sapeva fare. Sia per quello che scriveva, che per quello che notava, come il direttore aveva avuto modo di sperimentare sulla sua stessa pelle, circa due ore prima.

– La volevo ringraziare, dottor Ragazzoni, per il suo pezzo.

Il Ragazzoni, bello stravaccato nel suo palchetto riservato esattamente di fianco al palcoscenico, si alzò in piedi. Vestito, era vestito come sempre, con le pantofole ai piedi; ma, avendogli il direttore espressamente richiesto di indossare, per la sera della prima, almeno la cravatta, il giornalista aveva obbedito e adesso sfoggiava al collo un vistoso ornamento candido come la neve, il che non ne aumentava troppo l'eleganza, vuoi perché la cravatta bianca in teoria andrebbe portata solo con il frac, vuoi perché l'indumento in questione era palesemente di carta.

– Ah, bene – disse, stringendo la mano al direttore. – Contento che le sia piaciuto.

– Molto. Molto. Devo dire che non sono solito leggere *La Stampa*, ma ne ho avuto un'impressione positiva. Sembra che lascino parecchia indipendenza ai loro giornalisti.

– Sì, sì. Siamo effettivamente piuttosto liberi. È un privilegio di pochi, ora come ora, non trova?

– Non capisco.

– Non le secca, signor direttore, aver dovuto cedere alle insistenze del tenente Pellerey?

– Mi perdoni, dottor Ragazzoni, ma veramente non riesco a capire.

Il Ragazzoni, dopo aver girato un largo sguardo sulla platea, chiese con fare svagato, sempre col viso rivolto al pubblico:

– Se io le dicessi, signor direttore, che per ogni fiore selvaggio che sboccia nel deserto c'è, contemporaneamente, un muflone che scorreggia, annullandone così il delicato profumo, lei cosa mi risponderebbe?

Il direttore guardò il giornalista con due occhi con più bianco che marrone. Il Ragazzoni sembrava, oltre che stranamente sobrio, stranamente serio.

– Mi perdoni, Ragazzoni, ma quello che dice non ha senso.

– Sono d'accordo. Certe coincidenze in natura non si verificano.

– Mi spiega, scusi l'ardire, di quali dannatissime coincidenze starebbe parlando?

– Ah, si fa presto. Lo vede quel signore al quarto posto della terza fila?

– Quello coi basettoni da nostromo?

– Esattamente – approvò il Ragazzoni. – È un mio

amico, si chiama Bartolo Amidei, detto Caronte. È di Carrara, ed è anarchico.

Il direttore si vide indicare, in modo discreto, un secondo punto della sala.

– Se restiamo sulla terza fila, ma dal lato opposto, secondo sedile da destra... Ecco, lì, vede? Seduto in quel posto c'è un altro mio amico, Artemio Cattoni, detto Barabba. È un anarchico carrarino. Parimenti, nella ottava seduta da sinistra della sesta fila, quel signore con i baffoni alla tartara si chiama Renato Brandini, detto Tamburello. È un anarchico carrarino. Se poi avesse la cortesia di spostare il suo sguardo verso la quinta poltroncina da sinistra, nell'ultima fila, sappia che anche lì è seduto un mio amico. Si chiama Rosildo Castriota.

– Mi lasci indovinare. È un anarchico carrarino?

– No, è calabrese, ma è anarchico più degli altri tre. Ora, mi sa dire per quale motivo accanto a ognuno di loro c'è un tizio alto un metro e novanta?

Il direttore sbiancò.

Nel 1901, in Italia, la statura media dei maschi era di poco superiore al metro e sessantacinque. Da questa media si discostavano pesantemente sia il Re, che essendo sovrano e non superando il metro e cinquantaquattro era a tutti gli effetti una reale mezzasega, sia coloro che erano preposti alla sua sicurezza. Già nel 1901, infatti, per entrare nel corpo scelto delle Guardie Reali era richiesta una statura non inferiore ai centonovanta centimetri.

Vedere una persona alta un metro e novanta, nel 1901 a Pisa, era raro. Vederne quattro nello stesso posto, quasi incredibile. Vederne quattro, ognuna accanto a un anarchico, aveva solo due possibili spiegazioni; e siccome anarchici e corazzieri ai primi del Novecento non erano soliti fidanzarsi fra di loro, l'unica spiegazione possibile era l'altra.

– È stato necessario per avere in teatro la presenza del Re.

– E la presenza del Re era davvero necessaria per il teatro?

Il direttore preferì rispondere a un'altra domanda, come facciamo tutti quando siamo in imbarazzo.

– Pare che ci siano grossi rischi di sollevazioni popolari. Forse, financo di attentati. In questo modo, si minimizzano i rischi. Non è d'accordo forse?

– Assolutamente. Con i corazzieri intorno, il Re non rischia nulla, e se l'attentatore ha una buona mira il massimo che rischia un corazziere è una pallottola nella rotula. Certo, poi il popolo magari muore di fame, ma chi se ne frega. Intanto, godiamoci la Tosca.

Chissà se si può strangolare una persona con la sua stessa barba.

Fammi andare via, prima che mi venga voglia di sperimentarlo.

Ripiegato il giornale sotto braccio, con cura, il direttore Bentrovati aprì la porta del palchetto e si sedette, contemplando la gente che piano piano, alla spicciolata, riprendeva il proprio posto.

Anche il secondo cambio di scenografia era andato bene. Anzi, benissimo.

All'epoca di cui si parla, cambiare una scenografia era il momento più incasinato dell'intera rappresentazione: pulegge che cigolavano, pannelli che traballavano e lavoranti che bestemmiavano, ognuno singolarmente in grado di bloccarsi all'improvviso, mentre al di là del sipario gli spettatori del loggione discutevano del baritono e quelli in platea discutevano del soprano. Talmente macchinosi, questi momenti, che la durata dell'intervallo era espressamente specificata sul cartellone: tra un atto e l'altro è previsto un intervallo di mezz'ora. E talmente rumorosi che spesso, per coprire la dodecafonia di martellate e interiezioni, era necessario organizzare qualche estemporanea distrazione. Come a Napoli, qualche anno prima, per il *Mosè* di Rossini, quando per via del bordello biblico causato dalla scenografia del mare che si apriva a favorire la fuga del popolo eletto piovevano risate da ogni ordine di palchi. E il Rossini, disperato, non trovò di meglio che comporre quanto di più intenso potesse concepire: una preghiera collettiva, guidata dal patriarca, in cui il popolo di David chiedeva al signore, in arpeggiata supplica, di assisterli e di fare qualcosa anche di pesantemente sleale per aiutarli. Un crescendo di voci che sembrava quasi causare l'apertura dei pannelli di legno, invece che tentare di coprirla, e che trasformava un'arronzata in un miracolo.

Stavolta, invece, tutto bene. Bonazzi e Pomponazzi costavano cari, come tutti gli anarchici, ma erano veramente due tecnici con i controfiocchi. Rapidi, efficaci e, soprattutto, silenziosi.

Mentre gli ultimi spettatori rientravano, le luci si spensero affievolendosi per la terza volta, quella definitiva, e il direttore si accomodò meglio.

Tutto era andato bene, fino a quel momento. Adesso, poteva pregustarsi la seconda aria, in religioso silenzio.

Come faremo anche noi, senza descrivere niente. Parlare di musica, diceva qualcuno, è come ballare di architettura. Sono più di cento anni che, quando Cavaradossi inizia a cantare di quando lucean le stelle, chi ascolta rimane col fiato sospeso, e un motivo ci sarà. Specialmente se a interpretarlo è uno come il Balestrieri, che come uomo è meglio perderlo che trovarlo, ma come tenore va solo ascoltato. Perdonerete chi scrive, quindi, se si mette in disparte anche lui, in laico ma rispettoso silenzio, ad ascoltare il tenore Ruggero Balestrieri. Ne vale la pena.

Anche perché fra poco lo ammazzano.

– *Com'è lunga l'attesa...*

Davvero.

Per tutta la sera, il cervello del tenente Pellerey aveva rimbalzato da una parte all'altra, e ora non ne poteva più.

– *Perché indugiano ancor? È una commedia...*

Perché, è vero, il tenente era entrato in teatro con la netta e ferma tranquillità di chi deve fare il suo dovere, e il suo dovere era quello di proteggere il suo Re.

– *Lo so... Ma questa angoscia eterna pare...*

Ma, al tempo stesso, Gianfilippo Pellerey si era accomodato nel palco d'onore consapevole della tortura a cui sarebbe andato incontro. Perché era da un anno, da quando era stata data la prima rappresentazione, che Pellerey aspettava di andare a sentire la Tosca. Quando era stata rappresentata a Torino, lui era a Roma; quando era stata data a Roma, lui era a Torino. Quando era stata data da altre parti, lui non poteva andarci. E ora che si trovava in teatro, invece di accomodarsi in poltrona e di godersi l'ultima opera di Puccini, gli toccava stare sull'attenti, con le orecchie e gli occhi bene aperti, sì, ma verso la platea, invece che verso il palcoscenico.

Palcoscenico dove in quel momento stava entrando, subito dietro a un ufficiale, il plotone di esecuzione meno credibile di tutta la storia del teatro d'opera. Uno basso come un tappo e grasso come una damigiana, un altro alto come minimo un metro e novantacinque, un terzo che zoppicava e un quarto che avrà avuto settant'anni, età rara per un soldato semplice.

I quattro implausibili, marciando, si schierarono di fronte al condannato formando una specie di ventaglio con il Cavaradossi al centro. Anche qui, una disposizione che più che rasentare il ridicolo lo oltrepassava.

Fucilare un tizio che personalmente non ti ha fatto nulla non è facile: le cose molto cattive, le persone normali riescono a farle solo se sono in gruppo. Per farli sentire in branco, i componenti del plotone devono essere allineati, raggruppati, spalla a spalla. Solo così sono tutti uguali, indistinguibili e compatti, e pronti a fare il loro dovere, per quanto assurdo o atroce sia. Deformazione professionale, che ci volete fare?

– *Ecco... apprestano l'armi... com'è bello il mio Mario!*

L'ufficiale sul palcoscenico alzò la sciabola, e Tosca si coprì le orecchie. Poi l'uomo abbassò la sciabola, e

Tosca fece cenno al Cavaradossi con la testa, dicendo a bassa voce:

– *Là! Muori!*

Non che ce ne fosse bisogno.

Il Cavaradossi, infatti, alla detonazione, si era piegato in modo innaturale, come se avesse ricevuto un calcio in pieno basso ventre, ed era caduto quasi sedendosi su se stesso, sbattendo il viso su di un ginocchio, prima di rovinare al suolo.

Una morte estremamente convincente.

Talmente convincente che la stessa Tosca, sul palcoscenico, lo premiò cantando:

– *Ecco un artista!*

Talmente convincente che il tenente Pellerey, prima ancora che Cavaradossi impattasse con il suolo, si precipitò in platea.

Talmente convincente che anche Tosca, dopo essersi sdraiata sul suo amato come da copione, si permise una ulteriore variazione, lanciando un acuto non troppo intonato, seguito da un penetrante:

– Ruggero! Ruggero!

Per poi proseguire, con una rima fuori libretto:

– Ma non lo vedete che gli hanno sparato per davvero?

Ci vollero circa dieci secondi, al tenente Pellerey, per arrivare dalla barcaccia alla platea. Occorse più o meno lo stesso tempo perché la maggioranza del teatro si facesse convinta che, invece del pittore Mario Cavaradossi, era stato fucilato il tenore Ruggero Balestrieri.

Dovette passare qualche altro secondo, invece, perché gran parte del teatro realizzasse che era stato fucilato anche l'anarchico Ruggero Balestrieri.

Fu necessario infatti che, pochi istanti dopo che il soprano aveva urlato la sua disperazione, dalla platea un tizio esagitato si alzasse e cominciasse ad urlare:

– Assassini! Anzi, assassino!

E, voltatosi verso il palco reale, continuasse:

– Non gli basta più sparare sul popolo, ora devono sparare anche in teatro!

Successero quindi altre cose, nell'ordine seguente:

Il soprano Giustina Tedesco, dopo aver girato lo sguardo sulla platea, ritenne suo dovere svenire, in modo molto teatrale e molto opportuno, atterrando con perizia sull'ex tenore Ruggero Balestrieri.

Dal palcoscenico, il cannone di scena sparò un colpo non previsto dalla partitura: non che avesse molta importanza, dato che al momento in cui era partito il colpo quasi tutta l'orchestra aveva già abbandonato i propri posti, con le uniche eccezioni dei professori Carbonero, Pellaroni e Bustamante, ovvero i tre contrabbassi. Non che se fossero rimasti ai loro posti la musica avrebbe potuto continuare a fluire armoniosamente, dato che il direttore Renato Maria Malpassi era svenuto anche lui, ma per davvero.

Ma soprattutto, vari spettatori si erano alzati in piedi e avevano cominciato a guardarsi intorno.

Ci sarebbero voluti più o meno venti ulteriori secondi, a Bartolo Amidei detto Caronte, per trovare attorno a lui qualcuno col cuore e col fegato necessari per seguirlo in ciò che si proponeva di fare, ovvero distruggere qualcosa, preferibilmente per poi incendiarlo.

Disgraziatamente, ci erano voluti solamente tre decimi di secondo al sottotenente della Guardia Reale Alberto Cornacchione, il quale su preciso ordine del suo superiore aveva avuto assegnato il posto immediatamente a destra di Caronte, per estrarre la pistola d'ordinanza e puntarla in modo discreto ma deciso nelle reni del cavatore. Lo stesso gesto, più o meno simultaneamente, era stato compiuto dal sottotenente Enrico Fassina, dal sottotenente Guidobaldo Moretti e dal sottotenente Romualdo Fresche. I quali, come anche il lettore più duro di comprendonio si immaginerà facilmente, erano posizionati accanto a Tarallo, Barabba e Tamburello, come da ordini ricevuti.

Quelli che avrebbero potuto chiamarsi «i moti del Teatro Nuovo di Pisa» non entrarono mai, così, a far parte dei libri di storia, ma sarebbero potuti entrare a pieno titolo nel Guinness dei Primati, come sollevazione popolare più veloce di tutti i tempi: quindici secondi circa.

Un po' troppo poco, per ottenere dei risultati concreti.

Atto secondo

Quattro

– Il vostro nome completo, mademoiselle?

– Giustina Osvalda Ilaria Cantalamessa.

– Cantalamessa?

Giustina Tedesco alzò lo sguardo sul tenente, uno sguardo implorante, e ve lo tenne fisso per un attimo, prima di rispondere:

– Sì. Sui cartelloni compare il nome Tedesco, ma è il mio nome d'arte. Il mio cognome è Cantalamessa.

– Come l'impresario che ha organizzato la rappresentazione.

– Sì. Vedete... Posso contare, tenente, sulla vostra discrezione, come uomo e come militare?

– Certamente, mademoiselle.

– Madame. Vedete, io e Bartolomeo siamo sposati.

E questa, per il tenente Pellerey, fu la seconda sorpresa.

La prima sorpresa l'aveva avuta una mezz'ora prima, poco dopo aver adagiato su un tavolaccio, nel suo camerino, il corpo del tenore Ruggero Balestrieri, con la camicia bianca da artista inzuppata di sangue. Chiusa la porta, dopo aver lasciato di guardia all'interno del camerino il sottotenente Fresche, il tenente si era visto arrivare di fronte agli occhi Tosca in persona.

Ci si può rifiutare di guardare, toccare o annusare qualsiasi cosa capiti nei nostri dintorni, ma non si possono ignorare i suoni; e così, pur dovendo badare alla sicurezza del suo sovrano, e tenendo lo sguardo (pardon, il guardo) vigile sulla platea e sui pericoli che ne potevano venire, il tenente Pellerey non aveva potuto fare a meno di ascoltare Giustina Tedesco che cantava.

E se anche avesse potuto, non avrebbe voluto.

Per cui, trovarsi di fronte in piedi la stessa semidea che poche ore prima lo aveva ammaliato da sdraiata, mentre cantava di come aveva vissuto d'arte e d'amore, lo emozionò non poco.

Non che anche il soprano fosse calmo. Anzi. Sembrava ancora più Tosca di prima.

– Mademoiselle...

– Vorrei vederlo.

– Mademoiselle, forse non è il caso...

– Toglietevi di mezzo, servo del potere.

E dribblato il tenente, andò decisa verso la porta del camerino del tenore Ruggero Balestrieri, aprendola, e rivelando lo squallido spettacolo di un uomo sdraiato su un tavolaccio, morto, ma ugualmente tenuto d'occhio da un carabiniere in borghese.

– Ruggero...

E si bloccò.

– Ruggero... – ripeté, ma in un altro modo.

Poi si voltò, verso il tenente:

– Ma è morto?

– Mademoiselle... – disse il tenente, sorpreso.

E ancora più sorpreso, il tenente Pellerey, rimase quando Giustina Tedesco, ormai decisamente tornata Tosca a tutti gli effetti, cominciò ad urlare:

– Assassiniiii!

Cosa?

– Maledetti disgraziati farabutti, che Dio vi stermini!

In che senso, prego?

– Adesso cosa avete intenzione di fare, eh? Picchierete anche me per farmi confessare, eh, vigliacchi? E poi mi sparerete, per farmi stare zitta, eh, brutti infami?

Di tutti i pericoli e le minacce a cui aveva pensato il tenente Pellerey nel corso della serata, il soprano incazzato non era stato contemplato minimamente. Né tantomeno riusciva a capire per quale motivo la donna si fosse messa a urlare, o con chi ce l'avesse. L'unica cosa che il tenente ebbe il tempo di chiedersi fu come avrebbe potuto fare per zittire la giovane senza dover ricorrere alla violenza – almeno, non troppa.

Ma, per fortuna, non ne ebbe bisogno.

Dopo essersi portata una mano alla gola, con gesto non proprio teatrale, Giustina Tedesco parve afflosciarsi e andò giù al suolo, come un mucchio di stracci marci. E sulla genuinità del mancamento, stavolta, non ci potevano essere dubbi: nemmeno Sarah Bernhardt sarebbe stata capace di simulare la testata epica con cui il soprano impattò sul pavimento.

C'era voluto un quarto d'ora buono, per farla riprendere.

C'era voluto un altro quarto d'ora per farle spiegare il motivo del suo comportamento.

– Capisco. E non volete che la cosa si sappia.

– Sarebbe augurabile. Vedete, una giovane cantante gli spettatori se la immaginano nubile. Ed è bene che se la immaginino nubile, non so se capite cosa intendo.

Molto meglio di quanto tu creda, stella mia.

– E così, per un'artista di palcoscenico giovane il matrimonio è sconveniente.

– Tutto il contrario che nel mondo reale – non si trattenne dal commentare il tenente.

La soprano trasse un sospiro.

– Tutto il contrario che nel mondo reale, lo so. Ma noi artisti viviamo al contrario del mondo reale. Lavoriamo quando voi vi divertite, dormiamo quando voi lavorate. Comunque, se fosse possibile che questa cosa non risultasse di pubblico dominio, io ve ne potrei essere solo grata.

E la ragazza guardò il tenente come Giustina Tedesco, e non come Giustina Cantalamessa.

– Farò il possibile – disse il tenente, dopo essersi raschiato la gola un paio di volte. – In fondo, sposarsi non è un reato. Non potrò, però, passare sotto silenzio quello che a tutti gli effetti è un reato.

– Che cosa volete sapere?

– Cominciate spiegandomi come vi è nata questa balzana idea di innescare una sollevazione popolare, simulando in scena la morte del Balestrieri.

– Adesso sì, appare anche a me come una pensata sciocca. Ma all'inizio era esaltante. Voi non avete idea di quale carisma avesse Ruggero. Quando venne fuori la notizia dell'assassinio di Bresci...

– Pardon, madame. Della morte di Bresci. Gaetano Bresci si è suicidato.

– Ah già, voi siete carabiniere e dovete far finta di crederci. Va bene, dopo la morte di Bresci, a Ruggero venne in mente che avevamo la possibilità di far partire una grande sollevazione popolare proprio da qui, dal teatro. Voi avete visto che nel plotone d'esecuzione c'è un ragazzo alto come un corazziere?

– L'ho notato, sì.

– Ecco, l'idea ci è venuta lì. In pratica, Ruggero avrebbe finto di essere morto, e io avrei dovuto dargli corda, disperandomi e dicendo che era morto davvero. Gli amici di Ruggero, in platea, avrebbero cominciato a fare voci, sull'onda dell'emozione, dicendo che l'anarchico era stato fucilato sotto gli occhi di tutti per dare una lezione al popolo, e che il responsabile era quel corazziere travestito. Sarebbe partita una sommossa mai vista – disse la ragazza, con gli occhi lucidi di passione, un attimo prima di incontrare lo sguardo del tenente Pellerey.

– Non sono sicuro di condividere il vostro entusiasmo – scolpì nell'aria la voce del tenente. – Chi faceva parte della congiura?

– Io...

– Madame, voi in questo momento siete indiziata per i reati di sedizione e istigazione alla rivolta e oltraggio a pubblico ufficiale. Sarebbe bene che rispondeste alle mie domande.

Giustina Tedesco si guardò intorno, come a chiedersi perché mai nella stanza non c'era nessuno che la difendesse dalle basse insinuazioni di quell'altissimo bruto. Dopo qualche secondo, necessario evidentemente per convincersi che nella stanza non c'erano altre persone oltre a lei e al tenente, accondiscese a rispondere.

– Oltraggio? Di quale oltraggio parlate?

– Madame, mi avete dato dell'assassino e del farabutto. E avete graffiato a sangue il sottotenente Fresche.

Provocandomi non poca invidia, sappiatelo.

– Ma signor tenente, provate a mettervi nei miei panni.

Io te li toglierei, i tuoi panni.

– Io apro la porta, convinta di vedere Ruggero ammanettato per gli stessi reati di cui ora mi parlate, e me lo vedo cadavere steso per terra, con un carabiniere accanto che sembra aver appena finito di prenderlo a calci. Voi cosa avreste pensato? Come l'avreste interpretata, una simile scena? Non avreste pensato ad un interrogatorio brutale, andato più in là delle vostre intenzioni?

Riscuotendosi dalle proprie intenzioni (quelle vere), il tenente Pellerey tornò a posare lo sguardo fisso negli occhi della soprano.

– Io non ho mai interrogato nessuno, madame. Sto iniziando giusto adesso. Chi faceva parte della congiura?

– Io non ne sapevo proprio niente – rispose il direttore Bentrovati.

Seduto nel proprio studio, ma sulla sedia che solitamente era riservata agli ospiti, il direttore Bentrovati sembrava un po' meno a suo agio del solito. Forse l'ora tarda, forse la posizione insolita, forse il fatto che un paio d'ore prima gli avevano fucilato un tenore davanti, chissà.

– Voi non sapevate niente di tale congiura? Vi organizzano sotto il naso un tentativo di provocare una sollevazione popolare e voi non vi accorgete di nulla?

Il tenente Pellerey, di solito, non si sarebbe mai permesso una simile provocazione. Ma dopo aver passato un'ora nella stessa stanza con quella ragazza, la quale oltretutto si era rifiutata di fare i nomi degli altri partecipanti al complotto, il tenente era comprensibilmente un pochettino sovreccitato. Il direttore, però, abituato a trattare con i cantanti lirici, nemmeno ci fece caso. Anzi, parve mettersi a pensare seriamente alla domanda.

– Adesso che me lo dite, a posteriori – disse qualche secondo dopo – ci sono state delle situazioni che potrebbero accordarsi con quanto mi narrate.

– In che senso?

– Vedete, ho notato che il Balestrieri e la Tedesco erano d'accordo tra loro per qualche cosa.

– Li avete visti parlare? Scambiarsi dei cenni?

– Faccio questo lavoro da trent'anni, tenente. Lo vedo, quando due persone hanno, diciamo così, un segreto da spartire. In più, ho visto in una occasione la Tedesco uscire dal camerino del Balestrieri, visibilmente nervosa, e quasi subito dopo il Balestrieri, visibilmente soddisfatto.

– Ah.

– Voi comprendete, non avevo certo pensato a una sollevazione popolare. Avevo pensato a una sollevazione, sì, ma di ben altro genere.

A questo punto, come faceva di solito, il direttore Bentrovati avrebbe ridacchiato, per cercare con l'interlocutore quella complicità che si instaura magicamente tra maschi quando si parla di cose volgari senza ricorrere a parole scurrili. Ma, inspiegabilmente, il tenente Pellerey non rise. Anzi.

– Avevate fatto partecipe qualcuno delle vostre osservazioni?

– No, no. Ma temo di non essere stato il solo a notare questo comportamento. Anzi, lo so per certo.

– Davvero? Chi altri se n'era accorto?

– Vedete, tenente, Giustina Tedesco è da tempo la prediletta di Bartolomeo Cantalamessa. Non ne avrebbe forse bisogno: è una cantante di indubbio talento, e di notevole presenza scenica. Il rapporto con Bartolomeo è, diciamo così, più che un rapporto strettamente professionale. Potrebbe anche essersene accorto l'inviato de *La Stampa*, mi sembra si chiami Ragazzoni, che è persona dotata di notevole senso di osservazione, e a quanto ho capito in questi giorni ha frequentato il Balestrieri.

– E Bartolomeo Cantalamessa sospettava qualcosa tra la... – colpetto di tosse – scusate, tra la sua protetta e il tenore Balestrieri?

– Ne sono quasi certo. Più volte ho notato freddezza, e in una occasione ho sentito Bartolomeo apostrofarla in termini decisi.

Se il Pellerey si era irrigidito a una battuta innocente come quella di prima, figurarsi cosa avrebbe potuto fare se Bentrovati gli avesse riferito di aver sentito l'impresario dire al soprano che era l'ora di smettere di comportarsi da zoccola.

– Quindi voi non sapete dirmi con certezza se altri hanno partecipato alla congiura – disse il tenente, ritornando sull'argomento principale in tono repentino.

– No, con certezza no.

– Ma sospettate di qualcuno.

– Be', signor tenente, ci sono altri anarchici nella compagnia. Particolarmente accesi sono i due tecnici di scena, Bonazzi e Pomponazzi.

– Hanno anche un nome di battesimo?

Al direttore sfuggì una risatina.

– È molto comico?

– No, vedete, si chiamano Romolo e Remo. Romolo Bonazzi e Remo Pomponazzi. Io li ho visti sempre insieme l'uno all'altro. In teatro ormai li chiamiamo per cognome, da anni, come se fossero un ente unico. Bonazzi e Pomponazzi.

– E sono anarchici, mi dicevate?

– Tra i più convinti. Ma anche, signor tenente, i migliori tecnici che abbia mai visto. Bonazzi ha un'intelligenza sopraffina. E Pomponazzi riuscirebbe a fabbricarvi un orologio che spacca il minuto secondo trovando quel che gli serve tra i rifiuti. Permettete che vi faccia una domanda?

– Prego.

– Mi state facendo molte domande su questa mancata sollevazione popolare. Nel frattempo, però, un morto c'è scappato per davvero.

– Voi avete perfettamente ragione, signor direttore. Dopo l'increscioso episodio di prima, era solo mia premura capire meglio la situazione. Ditemi, chi faceva parte del plotone d'esecuzione?

– Dunque, i figuranti del plotone sono quattro.

Lo so. Li ho fatti rinchiudere in un camerino mezz'ora fa, guardati a vista. A meno che non si siano riprodotti nel frattempo, e la vedo piuttosto improbabile, dovrebbero essere quattro come quando li ho visti sul palco.

– Conoscete anche i loro nomi, per caso?

– Pierluigi Corradini, è il maestro d'armi. Bartolomeo Cantalamessa, l'impresario.

– L'impresario fa il figurante?

– No, solitamente no. Avevamo qualche problema a reperire persone, e Cantalamessa ha accettato con entusiasmo di far parte del plotone. Poi c'è un giovine che Cantalamessa ha raccattato in qualche caffè. Credo si chiami Pieretti, o qualcosa del genere. E infine, Teseo Parenti.

– Ah. Come il famoso basso. A proposito, sapete per caso che fine ha fatto? Sono anni che non leggo il suo nome in un cartellone.

Il direttore si lasciò andare a uno sbuffo.

– Certo che so che fine ha fatto. Non è un caso di omonimia. Teseo Parenti è il famoso basso. O meglio, una volta era un famoso basso.

– E adesso si abbassa a fare il figurante?

– È una storia molto lunga, e molto triste. E credo non abbia niente a che fare con il nostro caso.
– Con permesso, direttore, quello che ha a che fare con il nostro caso lasciatelo decidere a me.

Il direttore, dopo aver tentennato la testa per un attimo, aprì un cassetto dello scrittoio e ne trasse una lettera dai bordi consunti.
– Cinque anni fa, al Regio Teatro di Parma, venne rappresentato il *Don Giovanni*. Un allestimento che girava da qualche tempo per l'Italia. In quell'allestimento, cantava anche Teseo Parenti.
– Come Don Giovanni?
– No, come Commendatore e come Masetto.
No, non equivocate: il Parenti non era dotato di capacità di bilocazione, come Padre Pio. Semplicemente, Masetto e il Commendatore non si incontrano mai in scena, e sono entrambi due bassi. La compagnia originale a cui venne affidata la prima assoluta dell'opera di Mozart aveva pochi cantanti maschi, e questo costrinse librettista e musicista ad adattarsi, e alcuni interpreti al doppio impegno. Per questo, dopo che il Commendatore è scomparso, la scena in cui Don Giovanni dialoga coi demoni dura così tanto: il Commendatore originale, che si chiamava Giuseppe Lolli e non Arturo Fregoli, aveva bisogno di un minimo di tempo per cambiarsi e ridiventare Masetto per il gran finale. Per chi ha presente la scena, stiamo parlando di una delle scene più intense e cariche di tensione della storia della musica (a ulteriore riprova che un genio è in grado

di tramutare in oro anche gli inconvenienti di scena): il duetto tra Don Giovanni e un coro di demoni, i quali spesso cantano da sotto il palcoscenico o da alcuni palchetti vicino alla scena, fa letteralmente rizzare i capelli in testa. Concluderla con Masetto che rientra in scena in mutande avrebbe, forse, stemperato un po' troppo il pathos.

– Già, vero – rispose il tenente. – Non è raro che vengano interpretati dallo stesso cantante. Se non mi sbaglio, avvenne anche alla prima assoluta, a Praga.

– Siete un conoscitore, perbacco.

– Un semplice appassionato. Dicevate quindi che Parenti ricopriva entrambi i ruoli.

– Esatto. Entrambi i ruoli. E in entrambi i ruoli si ricoprì, sì, ma di ridicolo.

– Cantò così male? Mi sorprende.

– No, non cantò male affatto. Si trovò, suo malgrado, coinvolto in una serie disgraziata di incidenti scenici.

– Incidenti?

– E non uno solo – confermò il direttore. – Iniziò tutto alla fine del primo atto. Durante la scena del ballo, gli prese fuoco la parrucca. Mentre seguiva Zerlina, passò troppo vicino a una candela, e il crine della parrucca tutt'a un tratto avvampò. E così, invece di accusare Don Giovanni, a un certo punto Masetto fuggì urlando.

– Sì, non bello a vedersi.

– Dopo peggiorò. Voi dove lo mettereste a cantare, il Commendatore?

No, non rispondete «sul palcoscenico» con aria sprezzante. Il problema è più sottile di quanto sembri.

Nel finale del *Don Giovanni*, infatti, il Commendatore di solito non si palesa in scena: essendo morto nel primo atto, alla maggior parte dei registi appare sconveniente farlo vedere nel terzo. Del Commendatore, che dall'inferno sfida Don Giovanni, di solito si ode solo la voce. A volte canta dalla buca dell'orchestra (che allora, ahimè, non c'era), a volte da un palco riservato, a volte dal proscenio.

E così il tenente Pellerey ascoltò di come il regista, per cercare un'acustica da oltretomba che rendesse bene l'arrivo del Commendatore, nel finale dell'opera decise di far cantare il Parenti da un punto preciso del foyer, le cui volte proiettavano sulla scena un suono amplificato e lontano, che sembrava arrivare davvero dall'Ade.

Sfortunatamente, il punto preciso era esattamente davanti ai gabinetti.

Per cui, il finale dell'opera si aprì con un terrificante accordo di Re minore, seguito nell'attimo di silenzio successivo da un vigoroso colpo di sciacquone.

– Immagino le reazioni.

– Venne giù il teatro dalle risate. E vi risparmio i commenti sul giornale del giorno dopo. C'era un critico che parlava della discutibile ma suggestiva scelta registica di far accompagnare il Commendatore da un insolito strumento musicale come il water closet, avanzando l'ipotesi che fosse un espediente verista per simboleggiare la paura di Don Giovanni di fronte alle fiamme dell'inferno. A che pensate?

Il tenente Pellerey, riscuotendosi, si rese conto che una risposta sincera – la quale coinvolgeva il décolleté del soprano Giustina Tedesco – avrebbe messo in dubbio le proprie capacità di gestire il caso.

– Mi immagino la vergogna del disgraziato che ha tirato lo sciacquone.

– Non si è mai saputo chi fosse. Rimase nascosto nel bagno fino alla fine della scena, quando Parenti dovette tornare dietro le quinte e cambiarsi d'abito per cantare come Masetto nel finale.

– Davvero incredibile.

– Ma tutto assolutamente vero, ve lo assicuro. Potete chiedere conferma al maestro Malpassi. Il direttore era lui.

– E quindi che accadde, a Teseo Parenti? Non fu più in grado di tornare alle scene?

– Lui sarebbe tornato anche subito. No, per capire quello che successe dovete prima leggere questa lettera.

E il direttore porse al tenente il foglio che aveva preso poco prima dal cassetto.

Parma, 1 marzo 1896

Caro Tersilio,

questa mia per confermarti, come temevo, che non sarò in grado di onorare l'impegno preso a inizio stagione per portare a Pisa il Don Giovanni, *perché la compagnia non esiste più. Dopo i fatti di Parma, metà di loro mi hanno abbandonato, e l'altra metà non sarebbe sufficiente nemmeno per mettere su qualcosa di decente. Ho ritenuto giusto congedare tutti, e lasciarli liberi di cercarsi una scrittura altrove. Ieri i gemelli compivano sedici anni, e ti lascio solo immaginare come li abbiamo festeggiati. Mi chiedi se passerò a trovarti, prima della fin d'anno: mio caro, non so, non credo, non lo spero.*

Il tuo affezionatissimo Paolo

Il tenente restituì la lettera al direttore, senza una parola: temeva di aver capito quello che era successo a Teseo Parenti.

Le successive parole del direttore glielo confermarono.

– La compagnia di Paolo Rossi aveva già qualche problema di liquidità prima di questa tournée disgraziata. Da quel momento in poi, le cose precipitarono. La compagnia fallì, e Rossi si trovò povero e pazzo, come dicono a Napoli, con una moglie, tre figli e centinaia di debiti.

– E come risolse?

– Nel modo peggiore. Si buttò da un ponte il giorno di Ferragosto. E io mi tengo sempre sotto mano questa lettera, signor tenente. Me la leggo nei momenti di sconforto, per ricordarmi che in questo mondo un singolo evento può ribaltare un'esistenza.

– E quindi, il Parenti...

– Il Parenti, da quel giorno, diventò il povero Parenti. Quello che porta scalogna. Cominciarono a parlarne come se fosse morto. In capo a un anno, si trovò senza una scrittura. Nessuno che lo voleva in teatro, e badate bene che parliamo di un signor basso. Ho sentito cantare in teatri di prestigio gente che non vale un'unghia di Teseo.

– Davvero – disse Pellerey, per poi tornare tenente e chiedere, dopo una pausa dubbiosa: – E quindi, perché assumerlo come figurante?

– Pochi giorni or sono abbiamo dovuto protestare un cantante, il basso Michele Menegazzo, che interpretava Angelotti. Dovevamo trovare un basso libero da scritture, di questa stagione, e affidabile. Ho provato a proporre il nome di Teseo Parenti e vi lascio immaginare cosa mi è stato risposto. Non canta da anni, mi dicono che non stia bene, non è troppo vecchio? E cose del genere. Tutte risposte a mezza bocca, e tante con le mani in tasca.

– E quindi?

– E quindi, caro signor tenente, alla decima risposta ambigua non ci ho visto più. Se non volete che chiami Parenti non lo chiamo, ma abbiate il coraggio di dirmi chiaro e tondo che non lo volete perché porta merda. Un putiferio, signor tenente. Sono stati costretti a dirmi di sì. L'unico che si è opposto, e che ha difeso Parenti, è stato proprio Ruggero Balestrieri. Ha detto che cantava meglio Parenti da solo che tutti loro messi insieme, che erano una massa di retrogradi baciapile buoni a null'altro che a portar fiori agli altari. Suppongo che lo abbia fatto solo per andar controcorrente, era uno fatto così. Lasciamo perdere, non si parla male dei morti. Allora, a quel punto, ho deciso.

Il direttore poggiò i gomiti sui braccioli, le mani una sull'altra.

– Siete convinti che Parenti porti scarogna? – Il direttore si indicò il palmo della destra con l'indice della sinistra. – E io ve lo metto sul palco come figurante. E proprio nel momento peggiore, quello della fucilazione. E poi, quando tutto andrà liscio, a fine serata, vi chiamerò uno per uno dietro il sipario e vi obbligherò a chiedergli scusa. E si farà finita, pensavo, a dire che Teseo Parenti porta scarogna.

Gli occhi del direttore si velarono.

– Ditemi se si può essere più sfortunati.

Cinque

– Tragico? Tragico è dir poco, signor tenente. Tragico, osceno, e irrimediabile.

Renato Maria Malpassi, arrivato alla finestra, si fermò, girò su se stesso e riprese a camminare, la fronte costellata di goccioline di sudore, le mani che continuavano a dirigere la propria wagneriana orchestra di pensieri.

– Un crimine siffatto, signor tenente, nei confronti di un artista che ha sempre dato tutto se stesso al pubblico e alla musica, dovrebbe essere semplicemente inconcepibile.

E, sedendosi, ribadì, in due terzine: – In-con-ce-pi-bi-le.

Ringraziando mentalmente il Signore che finalmente il maestro Malpassi avesse smesso di rimbalzare su e giù per la stanza, il tenente Pellerey alzò lievemente un sopracciglio.

– Perdonatemi, maestro, ma credo che qui il crimine non sia stato commesso nei confronti del musicista, ma dell'uomo.

Il maestro Malpassi, seduto e sudato, approvò con veemenza.

– Avete ragione, signor tenente, avete ragione. È questo il punto, l'ultroneità che sorpassa l'indecenza, e si fa crimine. L'uomo, signor tenente, ha pagato quello che il musicista ha fatto. Perché quello che ho fatto l'ho fatto come musicista, e non come uomo. E come uomo sono stato punito, non come musicista.

– Perdonatemi, signor maestro, di quale crimine stiamo parlando?

E che cavolo significa ultroneità?

– Ma come, signor tenente? Di quale crimine volete che stiamo parlando? Di quale crimine, se non della barbara, brutale, bestiale aggressione che mi ha visto vittima tre giorni or sono?

– Vi rendete conto, signor maestro, che nemmeno due ore fa il tenore Balestrieri è rimasto vittima di un colpo di fucile, ed è morto?

I ventotto denti rimasti al maestro si atteggiarono ad un breve sorriso di scherno.

– Ah, quello. Ma quello, signor tenente, non è un crimine. Quello è stato un atto di giustizia divina. Chiunque ci abbia liberato dal tenore Ruggero Balestrieri ha semplicemente reso un favore al mondo.

Il tenente Pellerey, mentalmente, si torse un dito fino a farsi male.

Non è facile già organizzare un plotone di carabinieri per un servizio ordinario; organizzarlo dopo un omicidio seguito da un tentativo di rivolta era parecchio più complicato. Se la suddetta catena di reati si è svolta in un teatro d'opera, pieno di cantanti lirici e musicanti vari che pretendono ognuno di avere priorità assoluta sugli altri e di essere ascoltati sui fatti, è roba da dare la testa nello spigolo più acuto della scrivania. Dopo aver assegnato i posti ai suoi sottotenenti – Fresche insieme a lui come testimone degli interrogatori, Moretti a guardia dei sospetti, Cornacchione a vegliare il cadavere e Fassina a guardia dei cavatori, messi per ristrettezza di stanze nello stesso camerino – il tenente si era preso la briga di cominciare a sentire le persone. Aveva, a dire la verità, l'intenzione di iniziare con i componenti del plotone di esecuzione: ma, prima di loro, era stato costretto a dare udienza al maestro Malpassi. O faceva così, o ci sarebbe stato un secondo omicidio in teatro, e stavolta avrebbero arrestato il tenente Pellerey stesso.

Piccolo, grasso, con un riporto rado di capelli lustri di brillantina e di sudore, il maestro Malpassi sarebbe stato fastidioso di suo già d'aspetto e d'eloquio. Per di più, il direttore non aveva il senso della distanza. Quando parlava con qualcuno, si avvicinava: col corpo, con il viso, con le mani, a distanze che il tenente non avrebbe sopportato nemmeno dalla sua fidanzata. In pubblico, beninteso.

Non che la sua fidanzata se lo sarebbe mai permesso, intendiamoci.

Anche qui in pubblico, lo dico per amor di chiarezza.

– Per quale motivo dite questo, maestro?

Il maestro Malpassi, dopo aver controllato col palmo della mano che il riporto fosse ben solidale al cranio, alzò il mento.

– Sapete, signor tenente, nonostante non lo consideriate un crimine degno di investigarvi sopra, tre giorni fa sono stato aggredito e selvaggiamente percosso da quattro energumeni. I quattro, dopo avermi malmenato, mi hanno avvertito con fare da maffiosi che se mi fossi presentato a dirigere, stasera, me ne avrebbero date da far rimpiangere la prima volta come un massaggio.

Il maestro Malpassi, che evidentemente non riusciva a stare fermo, si rialzò dalla sedia e riprese a fare l'imitazione della luna intorno alla terra.

– Due giorni prima, avevo protestato il basso Menegazzo, che è un caro amico del Balestrieri, e condivide con lui le sue balzane idee politiche secondo cui saremmo tutti uguali. Il Balestrieri è di Carrara, e guarda caso le persone che hanno usato violenza nei miei confronti avevano una forte cadenza carrarina.

– Non vi sembra un'ipotesi un po' troppo azzardata?

– Manco per niente, signor tenente. Giusto il giorno dopo, quando l'ebbe saputo, il maestro Corradini si recò dal Balestrieri e gli chiese conto dell'accaduto. E sapete cosa rispose il caro, caro Balestrieri? «Ditegli di curarsi bene, signor Corradini. E ricordategli che si copra bene, la prossima volta che esce. Magari così non lascia il volto esposto, e si evita certi accidenti».

Corradini? Ah, sì, il maestro d'armi. L'uomo che insegna ai cantanti a far finta di sparare.

– Capisco. Cosa c'entra il maestro Corradini?

– Pierluigi è un caro amico – rispose il Malpassi arrossendo lievemente. – Entrò nel mondo dell'opera anni or sono, quando fu costretto a lasciare l'esercito. Fui io a guidarlo, a fargli fare i primi passi in teatro, e ormai è diventato il più richiesto tra i maestri d'armi del teatro europeo. E mi è rimasto affezionato, da sincera e costante amicizia.

– Il Balestrieri ne era a conoscenza?

– Certo – rispose il maestro, storcendo la bocca come se gli avessero proposto di leccare la pattumiera – anche se riteneva opportuno dileggiare questa autentica, sana amicizia con modi turpi e motti equivoci. Voi capirete, signor tenente, un uomo consimile, che non ha mai avuto amici, ma soltanto ammiratori, non è capace di comprendere cosa significa il vero affetto.

– Non ha amici?

– Non nel mondo dell'opera.

– Neppure Teseo Parenti? Mi è stato detto che ha perorato in modo veemente la sua causa, quando è stato proposto.

Il maestro Malpassi ridacchiò, scuotendo la testa, e si rimise a sedere.

Quest'uomo ha sbagliato mestiere, pensò il tenente. Altro che direttore d'orchestra, come attore avrebbe dominato le scene. Dopo essersi toccato di sfuggita i coglioni, il Malpassi iniziò a parlare:

– Nulla che abbia a che fare con la bontà d'animo, signor tenente. Se Ruggero Balestrieri avesse dovuto cibarsi delle carni del suo migliore amico, la sua unica preoccupazione sarebbe stata abbinarvi il vino più adatto. No, come sempre usò tale occasione per vantarsi. Disse che era stato lui a provocare tutti gli incidenti che capitarono a Parma nel corso della serata disgraziata. Il Parenti, secondo lui, non c'entrava nulla.

– Sarebbe stato lui a provocare gli incidenti?

– Così disse.

– Vi spiegò il perché?

– Pare che fossero sorte questioni finanziarie tra lui e l'impresario, e volesse giuocargli un qualche tipo di scherzo. Si vede che ha il vizio degli scherzi pesanti, che debbo dirvi. Ve lo potrebbe raccontare meglio Pierluigi, voglio dire, il maestro Corradini. All'epoca, faceva parte della medesima compagnia.

Seduto alla scrivania del direttore, il tenente Pellerey prese un foglio e una penna.

Scrivere aiutava sempre il tenente a mettere ordine nei pensieri. Gli sembrava che, scrivendo, metà del compito fosse già fatto: spesso, il suo lavoro consisteva semplicemente nel far presente le cose giuste da fare mentre intorno tutto il resto del mondo perdeva la testa.

Dopo aver intinto la penna nel calamaio, incominciò a scrivere, con lo spettacolare corsivo dei militari d'altri tempi.

Componenti il plotone d'esecuzione:

CORRADINI PIERLUIGI. *Maestro d'armi della compagnia. Conosceva la vittima. Legato da amicizia virile (?) con il maestro Malpassi. Possibile motivo di rancore nei confronti della vittima. Già nell'esercito. Perché ne è uscito?*

CANTALAMESSA BARTOLOMEO. *Impresario. Conosceva la vittima. Sposato con la soprano Tedesco Giustina, interprete di Tosca. Possibile gelosia nei confronti della vittima. Prendere informazioni dettagliate.*

PARENTI TESEO. *Cantante, fuori carriera. Conosceva la vittima. Possibile motivo di rancore nei suoi confronti. Prendere informazioni dettagliate.*

PROIETTI ANTONIO. *Figurante. Non è noto se conosceva la vittima, ma è improbabile. Prendere informazioni generiche.*

Il tenente guardò il foglio per qualche secondo, approvandone prima il contenuto e poi la calligrafia. Dopodiché, ne fece una copia trascrivendo diligentemente a mano, per poi chiamare in modo secco:

– Moretti!

– Comandi – rispose il sottotenente Moretti, dopo aver aperto la porta.

– Entri e chiuda la porta, Moretti.

Il carabiniere, coerentemente con la propria divisa, eseguì in silenzio.

– Adesso procederò a interrogare i componenti del plotone. Inizierò da Corradini, me lo faccia portare. E mi faccia recapitare questo biglietto al capitano Dalmasso immediatamente – disse, porgendo al sottotenente la Lista delle Cose da Fare. E, nel porgerla, si ricordò del suggerimento del direttore. – Ah, un'altra cosa, Moretti.

– Comandi.

– Mi faccia rintracciare una persona e me la porti.

È un giornalista, si chiama Ragazzoni. Il direttore sa dove trovarlo.

– Il vostro nome, prego.

– Pierluigi Corradini.

Il tenente distolse lo sguardo dai fogli e lo riportò sul nuovo venuto, che sedeva di fronte a lui, eretto senza essere marziale.

Uno degli uomini più belli che avesse mai visto. Alto, ma diritto, le spalle larghe e il torace ampio; gli occhi verdi, i denti regolari, la pelle abbronzata nel modo liscio ed uniforme di chi fa bagni di sole, non di chi posa mattoni.

Comprensibile che il direttore d'orchestra ne fosse, per dir così, vago. Era il reciproco, che lo stupiva.

– Siete il maestro d'armi della compagnia?

– Da più di tre anni. Ho in precedenza lavorato con tutte le maggiori compagnie teatrali e liriche d'Italia, e con prestigiose compagini estere.

– A quanto mi dicono, provenite dall'esercito.

– Ho prestato servizio nei Reali Carabinieri, come voi, per cinque anni, arrivando al grado di tenente.

Sul perché avesse lasciato l'Arma, per il momento, il tenente era intenzionato a sorvolare. Qualsiasi cosa fosse, improbabile che esporre il motivo lo mettesse a suo agio.

– Allora, sarà per voi facile rispondere alla prima domanda.

– Son qui apposta.

– Voi avete istruito i membri del plotone d'esecuzione

a simulare una esecuzione col fucile. Qualcuno dei figuranti sapeva sparare, o aveva mai sparato in precedenza?

– Solo il Cantalamessa, l'impresario. Gli altri due non avevano mai sparato un colpo in vita loro.

– Che fucili sono stati usati, in scena?

– Dei '91 modello Carcano. Uguali tutti e quattro. Tre fanno parte della mia collezione personale, ho un certo numero di armi regolarmente denunziate per uso scenico. Il quarto è di proprietà del signor Cantalamessa.

– Tutte e quattro identiche, quindi.

– Tutte e quattro identiche.

– Chi si occupava della cura, della manutenzione – e soprattutto – della carica?

– Io personalmente. I fucili sono stati da me caricati con proiettili a salve. Uso proiettili originali calibro sei punto cinque, privati di proietto e chiusi a rosetta sul colletto, che preparo personalmente.

– È possibile che vi siate confuso nel caricare uno dei fucili?

– No, signor tenente. I proiettili a salve hanno un aspetto ben diverso da quelli in grado di offendere.

E questo, anche il tenente lo sapeva benissimo.

– Un '91 modello Carcano. Quindi con caricatore Mannlicher.

– Esatto. Un piccolo gioiello.

Il tenente annuì. Il caricatore Mannlicher, una specie di busta metallica contenente sei colpi, che essendo simmetrica si poteva inserire nel fucile in qualsiasi verso, senza il rischio di vedersi inceppare l'arma se putacaso mettevi il caricatore al contrario durante la battaglia, per comprensibile nervosismo dovuto a una tribù di eritrei adeguatamente incazzati per la presenza ostile di soldati stranieri sul suolo patrio e ardenti dal desiderio di dimostrarti le usanze locali in materia di prigionieri di guerra.

Il Corradini mimò con la mano un gesto sin troppo noto anche al tenente.

– Ta-clic, carichi, ta-clac, scarichi. E ta-clic, ricarichi. Quindici colpi al minuto, se sei veloce.

Già. Veloce a sparare, veloce a caricare. Se qualcuno aveva con sé un caricatore Mannlicher con il primo proiettile a salve sostituito da uno vero, ci avrebbe messo meno di un amen a cambiarlo.

– I componenti del plotone erano stati istruiti a scaricare il fucile subito dopo aver sparato?

– Ah, sì, certo. Non vorrete mica lasciarci dentro il bossolo esploso. Poi però mi tocca sempre controllare. Non tutti lo fanno, e alla lunga il fucile si rovina.

– Bene. Scusate un attimo – e, più forte: – Moretti!

Il sottotenente Moretti entrò nella stanza rigido e solerte.

– Moretti, vada sul palcoscenico e cerchi i quattro bossoli che sono stati esplosi. Ve ne dovrebbero essere tre a salve, e uno con proietto. E segni con precisione il punto in cui li trova.

– Ai comandi, signor tenente.

Uscito Moretti, anticipando il Corradini che cominciava a spazientirsi, il tenente riprese:

– Scusate, ancora qualche domanda. Quando avete caricato i fucili per la rappresentazione?

– Poco prima della fucilazione, verso le ventidue e quaranta. La fucilazione era programmata verso le ventitré.

– Avete tenuto d'occhio le armi dopo averle caricate?

– Certo.

– Senza mai distoglierlo?

– Certo.

– Ne siete sicuro?

– Signor tenente, è il mio lavoro.

– Avete sentito qualcuno esplodere un colpo d'arma da fuoco dietro di voi, in concomitanza con l'ordine di sparare?

– No, sono sicuro di no.

– Quindi la morte del Balestrieri sarebbe opera divina?

– Non posso escluderlo. Se così fosse, è mia ferma intenzione portare alla Madonna di Montenero un ex voto per grazia ricevuta.

Il tenente Pellerey alzò gli occhi verso l'ex tenente Corradini, e venne ricambiato da uno sguardo di puro scherno.

– Vi rendete conto di quello che state dicendo?

– Certo. Così come mi rendo conto che voi dovete indagare sulla morte di Balestrieri. È mio diritto disprezzare qualcuno. Ed è vostro dovere individuare il colpevole. Sebbene nessun salario, a mio giudizio, sarebbe adeguato a svolgere un dovere siffatto.

Se fosse stato un essere completamente razionale, il tenente non avrebbe dovuto tener conto delle parole bassamente insinuanti del Corradini, e continuare a rimanere concentrato sulla domanda che gli era venuta in testa – ovvero, perché mai il maestro d'armi di una compagnia teatrale fosse così contento per la prematura dipartita della star indiscussa della compagnia stessa. Ma anche sotto le divise più decorate batte un cuore, e, soprattutto, drena un fegato; e Gianfilippo Pellerey decise che, verbalmente parlando, era l'ora di posare il fioretto e di cambiare arma.

– Vi pregherei di astenervi da considerazioni sul mio salario.

– Avete ragione, vi chiedo perdono. Sono ormai negli affari privati da tempo, e tendo a scordarmi che parlare di soldi è considerato inelegante nel mondo militare. Sapete, per noi è piuttosto normale. Se vuoi i migliori, li devi pagare.

– Quindi è per questo che avete abbandonato l'esercito? Vi siete fatto comprare?

– Il motivo per cui ho abbandonato l'esercito non vi riguarda – rispose il maestro d'armi, impugnando anche lui la spada.

– Per il momento no, avete ragione. Avete notato qualcosa di strano, o di inusuale, al momento dell'esecuzione o nei momenti precedenti?

Il maestro d'armi esitò.

– Nei momenti precedenti no. Al momento dell'esecuzione, sì.

– E sarebbe?

– Sono sicuro che ve ne siate accorto anche voi. Qualcuno ha sparato a Balestrieri.

O meglio qualcun altro bussò, troncando la risposta al tenente Pellerey che sciabolò di malagrazia:

– Avanti!

Il sottotenente Moretti entrò nuovamente nella stanza. In mano, una busta di carta.

– Ai comandi, signor tenente.

– Trovato qualcosa, Moretti?

– Sissignore, signor tenente. Quattro bossoli esplosi, signore. Tre a salve, uno con proietto.

– Mi faccia vedere.

Il sottotenente si avvicinò alla scrivania e posò la busta sul sottomano di pelle. Ne uscirono tre cilindretti bruniti aperti a un'estremità, come azalee di metallo in piena fioritura, e uno quasi uguale, ma ancora quasi in boccio.

– Accompagni il signor Corradini nella stanza insieme con gli altri tre componenti del plotone – disse il tenente, calcando bene la parola signor – e mi porti qui il Cantalamessa, per favore.

Sei

– Bartolomeo Egidio Rocco Cantalamessa.
– Impresario della compagnia «Arcadia Nomade»?
– Sì, esatto.
– Qual è il vostro ruolo preciso nella compagnia?
– Sono amministratore unico.
Di solito, il Cantalamessa aggiungeva: «Il che significa che se è un successo, è merito dei cantanti. Se è un disastro, è colpa mia». Ma stavolta non gli sembrava il caso.
– Intendo, quali mansioni svolgete? Suppongo che siate voi a scegliere i musicisti.
– I cantanti, sì. L'orchestra di solito viene formata in loco. Sarebbe impossibile pensare a una compagnia di giro con un'orchestra di queste dimensioni.
– E come avete formato la compagnia? Intendo, usate sempre gli stessi cantanti, oppure reclutate a seconda dell'opera?
– Sia l'uno sia l'altro, in realtà. C'è una base fissa di persone che si muovono con me, a cui di volta in volta si aggiungono elementi per avere un organico completo.
– Capisco. Quindi, quando è stato protestato il bas-

so Menegazzo, avete proposto voi di sostituirlo con Teseo Parenti?

Cantalamessa guardò un attimo verso l'alto, con la tipica rassegnazione di chi nella vita deve sopportare gli artisti e nella fattispecie i direttori d'orchestra.

– No, è stato il direttore, il signor Bentrovati. Parenti ha sempre cantato con un'altra compagnia, quella di Rossi. Non conoscevo personalmente nessuno di quella compagnia, e nelle occasioni importanti chiamo solo persone che conosco molto bene.

– Quindi non eravate d'accordo a far cantare Parenti come Angelotti?

– In realtà, non era d'accordo nessuno della compagnia –. La voce di Cantalamessa cambiò impercettibilmente tono. – Vedete, signor tenente, le persone di teatro sono superstiziose. E da tempo Teseo Parenti era perseguitato da una brutta nomea.

– E voi ci credevate?

– Io credo a quello che credono i miei artisti, signor tenente.

Il tenente, da comandante d'uomini, non riuscì ad impedirsi uno sguardo di disapprovazione, che a Cantalamessa non sfuggì.

– Avete mai provato a ragionare con un cantante lirico? Io ho smesso da tempo. Quello di cui mi preoccupo è farli rendere al massimo. È il mio lavoro. Non ci dev'essere in scena nulla di viola? Via il viola anche dagli stemmi del teatro. A costo di grattarli io personalmente. Non ci dev'essere Teseo Parenti? Sono pronto a impedire l'accesso al teatro a chiunque si chiami Parenti, consanguineo o no.

– C'era qualcuno che si rifiutava di crederci, alla mala nomea del Parenti?
– Ironia della sorte, sì. Proprio Ruggero Balestrieri. E aveva i suoi buoni motivi, a quanto pare.

– La fama di jettatore del Parenti – cominciò Cantalamessa – si deve ad una serie disgraziata di incidenti che avvenne al Teatro Regio di Parma alcuni anni or sono.
– Ne sono a conoscenza.
– Quello che non sapete, signor tenente, è che fu il Balestrieri a provocarli.
Cantalamessa mosse il capo su e giù, lentamente, e poi ricominciò, guardandosi le mani:
– Fu il Balestrieri a passare volontariamente la fiamma della candela radente alla nuca del Parenti, facendogli prendere fuoco alla parrucca. E fu sempre il Balestrieri a convincere una persona a nascondersi nei gabinetti di decenza, per azionare lo sciacquone come contrappunto all'entrata del Commendatore.
Il tenente restò in silenzio, e il Cantalamessa terminò:
– Spiegò entrambe le cose a cena, con la sua solita jattanza, dopo che la compagnia si fu rifiutata di accettare il Parenti.
– Ma perché?
– Questioni di denaro, signor tenente. Il Balestrieri era un essere avido, e la compagnia di Rossi passava cattive acque. La cosa era nota e accettata da tutti tranne che dal Balestrieri, il quale anche la sera in questione, a cena, dileggiava il Rossi dandogli del tir-

chio. Giunse a dire che aveva organizzato persino la nascita dei figli in modo da non fargli il regalo di compleanno.

– In che senso?

– Be', presumo che parlasse di Silvestro, il primogenito di Paolo. Essendo nato il trentuno di dicembre, non è impossibile che Paolo fosse uso fargli un singolo presente per Natale e compleanno.

– Non potrebbe averlo fatto per millanteria? Dello scherzo, intendo, per burlarsi della superstizione della compagnia?

– Non credo, no. Pierluigi Corradini, il maestro d'armi, mi ha confermato che quello che diceva il Balestrieri era plausibile. All'epoca erano colleghi, e già allora pare si detestassero. Poi...

– Poi?

– Signor tenente, conosco i miei polli. E Ruggero lo conosco, cioè, lo conoscevo, molto bene. Sono certo che stesse dicendo la verità.

– Capisco. Quindi, per tornare al discorso originario, conoscevate bene Ruggero Balestrieri. Lavorava con voi da tempo?

Cantalamessa oscillò il capo da destra a sinistra, in modo breve.

– Ruggero era un artista di richiamo, signor tenente. Non avrebbe mai lavorato per una sola compagnia. Era uno di quei cantanti che si chiamano per fare il primo ruolo, in teatri o in occasioni di rilievo nazionale.

– E l'altro primo ruolo, Giustina Tedesco? Da quanto la conoscete?

– Giustina fa parte della compagnia in pianta stabile da tre anni ormai. È entrata giovanissima, come voce di ripieno per il coro, ma ha dimostrato di avere qualità fin da subito.

– Sono d'accordissimo. Pur nella tragicità dell'evento, stasera l'ho sentita cantare, e devo riconoscere che ha una vocalità prorompente. È pronta per spiccare il volo, ormai.

Era gelosia o preoccupazione, quella che era passata per un attimo sul volto dell'impresario?

– A proposito, signor tenente, come sta Giustina?

– Per quale motivo tanta preoccupazione?

– Be', sapete, è una delle mie migliori interpreti. Voi non sareste preoccupato?

Sì che sono preoccupato. Non so perché, ma non mi vuoi dire che è tua moglie. Sei reticente e in più te la porti a letto. Ho due motivi per prendermela con te, signor Bartolomeo Cantalamessa.

– Lei e il tenore Balestrieri avevano mai cantato nella stessa produzione?

– È già capitato altre volte, sì. Altre due volte, sono sicuro.

– E si conoscevano bene?

– Avevano legato subito, sì. Questioni principalmente politiche. Giustina è un'idealista, e le idee estremiste del Balestrieri avevano fatto presa su di lei. Più volte l'ho dovuta riprendere, su questo punto. Un giovane promettente rischia di rovinarsi se dà ascolto agli esaltati.

– Alla signorina Tedesco interessavano solo le idee politiche del Balestrieri?

– Cosa intendete?

– Quanti anni ha Giustina Tedesco, signor Cantalamessa?

– Ventuno precisi.

– E voi quanti anni avete, signor Cantalamessa?

– Cinquanta quest'anno.

– È una bella differenza, tra marito e moglie.

Cantalamessa guardò il tenente, che ricambiò lo sguardo.

Piccolo, massiccio e solido, con i capelli completamente bianchi e la panciona semisferica di chi prende ogni scusa per stapparne una di champagne, il Cantalamessa sembrava un bottegaio, è vero. Ma dietro il bottegaio, probabilmente, c'era una persona intelligente, anche se a volte si convinceva che gli altri fossero tutti fessi.

– Ve l'ha detto lei?

– Come lo abbiamo saputo, non le deve interessare. Di sicuro lei – il tenente indicò l'impresario, togliendo ogni possibile ambiguità, e passando dal rigido «voi» al più colloquiale «lei» – poco fa ha ritenuto opportuno non dirmelo.

– Sì, ha ragione. Sono stato un presuntuoso.

– È stato anche geloso, a volte?

Il Cantalamessa, alla domanda, sul momento parve sul punto di inalberarsi; poi, dopo aver distolto lo sguardo dal tenente e averlo portato fuori dalla finestra, disse in tono piano:

– Con una moglie così giovane, ho scoperto che è inevitabile.

– Specialmente se si apparta con un tenore più giovane del marito, in prossimità di una recita importante?

L'impresario, non negando, confermò, sempre guardando fuori.

– E se le dicessi che i convegni segreti col tenore Balestrieri non avevano niente a che fare con l'amore, ma piuttosto col suo contrario?

L'impresario, lentamente, ricominciò a guardare dentro la stanza.

– Sua moglie era in combutta con Ruggero Balestrieri per fomentare una rivolta popolare, fingendo in scena la morte del tenore.

Stavolta l'impresario stava guardando fisso il tenente, come se dalle orecchie gli fossero spuntate delle antenne (oggetto peraltro già sorprendente di suo, nel 1901).

– La morte in scena del Balestrieri, noto anarchico, alla presenza di Sua Maestà, avrebbe dovuto incendiare gli animi, anche grazie alla collaborazione con alcuni facinorosi noti alle forze dell'ordine, e far da scintilla per un moto di protesta.

– E Giustina...

– Era d'accordo con il Balestrieri. Hanno organizzato tutto tra di loro, nei giorni antecedenti la prima.

Sono stato un cretino, disse lo sguardo di Bartolomeo Cantalamessa.

Il tenente Pellerey lo fece riflettere bene a lungo su tale aspetto, prima di cambiare nuovamente argomento.

– Come mai faceva parte del plotone d'esecuzione, signor Cantalamessa?

– Mancavano alcuni figuranti. Pesce avariato, pare acquistato da alcuni pescatori di frodo il giorno prima.

– E lei si è offerto spontaneamente?

– Gliel'ho detto, il mio ruolo spesso è quello di tappare buchi.

– Capisco. Quindi, lei e il maestro d'armi. Come avete trovato gli altri due figuranti?

– Ci ha pensato Bentrovati, anche a quelli. È molto efficiente, devo dire. Io non ho fatto niente. Non so nemmeno come si chiamino.

– Uno dei due nomi non le dirà niente. Antonio Proietti.

– Perché, l'altro?

– L'altro forse qualcosa dovrebbe dirle. Vede, l'altro figurante era Teseo Parenti.

Se quella non era sorpresa autentica, anche Bartolomeo Cantalamessa aveva sbagliato mestiere.

2π

Tutti gli uomini mangiano, musicisti inclusi.

Anzi, nel novero degli artisti, i musicisti sono quelli che probabilmente danno la massima importanza ai piaceri del palato. Non come quei tristi figuri dei poeti, tra le cui autoreferenziali schiere spicca gente come Lord Byron, il quale al posto dei pasti sorseggiava acqua e aceto; fra i musicisti troviamo bei personaggioni sanguigni che quando mettono le zampe sotto la tavola non fanno prigionieri. Come Giuseppe Verdi, che a ottantasette anni, una settimana prima di morire, all'Hotel Milan si diluviava dei menù da otto portate. O come Gioacchino Rossini: talmente rispettato dai cuochi di Parigi che in ogni ristorante di lusso della capitale francese c'era un tavolo che veniva lasciato libero nel caso in cui il maestro si fosse presentato.

Insomma, va bene che il Romanticismo in musica è durato fino al 1910, ma quando c'è da mangiare il musicista mangia.

Di norma, l'interprete dell'opera mangia a rappresentazione appena conclusa, perché il diaframma è un meccanismo delicato e la digestione lo imbarazza non poco; con la pancia piena, il Do di petto viene malino. Stavolta, alcuni tra gli artisti di palcoscenico non avevano potuto mettersi a tavola causa indagine in corso, e verso l'una di notte Bartolomeo Cantalamessa aveva fatto timidamente notare di avere un certo languorino, essendo digiuno da dodici ore.

Per questo motivo il tenente Pellerey, mentre procedeva negli interrogatori, aveva dato ordine di riunire tutti i trattenuti e i testimoni (interrogato a parte) nello stanzone delle prove musicali e lì, apparecchiato alla meglio un tavolo fratino, aveva fatto arrivare dal Caffè dell'Ussero pasta, arrosto, patate e vino. E per una buona mezz'ora la morte del Balestrieri era passata in secondo piano, tra bocconi, sorsate e discorsi, principalmente sul cibo. Perché in Italia, unico tra i paesi europei escluso forse il Portogallo, quando si mangia non è raro né maleducato parlare di mangiare. Anzi.

E visto che si parla di cibo e musicisti, che il discorso cadesse su Rossini era quasi inevitabile.

– Tartufi, dice?

– Senz'ombra di dubbio. Vero che aveva una predilezione per il prosciutto spagnuolo, o per i maccheroni di Napoli, ma la vera mania di Rossini era quella.

Il maestro Malpassi testeggiò sapiente.

– Vero, assolutamente vero – confermò. – Gioacchino stesso mi disse di aver pianto solo tre volte in vita sua: quando hanno fischiato la prima del *Barbiere di Siviglia*, quando sentì suonare Paganini e quando, durante una gita in barca, gli cadde in acqua un tacchino ripieno di tartufi.

– Da non credersi – disse Giustina Tedesco.

– Le assicuro che l'ho udito con le mie stesse orecchie.

– Ma no, maestro. Parlavo dell'opera. Pensare che qualcuno si è permesso di trovare meno che meravigliosa un'opera simile...

– Eppure è successo – allargò le braccia il Malpassi – e un motivo c'è.

– Attenzione, maestro – disse il Cantalamessa. – Giustina è una vera e propria fanatica di Rossini. Saranno i natali comuni, sarà il modo in cui concepiva il bel canto, ma non toccatele Rossini o vi sgraffia.

– E farei bene – rispose la ragazza sottolineando i natali comuni con il proprio pesante accento marchigiano. – Come si può anche solo pensare di fischiare il *Barbiere di Siviglia*?

– Ma no, quello fu orchestrato ad arte. Furono i sostenitori del Paisiello, si sa. Rossini si era permesso di musicare un'opera già musicata dal re dell'opera buffa e lo presero come un affronto. Per di più, Rossini si presentò in teatro con un abito viola, coi bottoni dorati, provocando non poco la folla.

– Ah, per questo è il suo eroe – commentò il Corradini malignetto, mentre tagliava a pezzetti minuti una fetta di arrosto esattamente identica a quella che il Ragazzoni, alla sua destra, aveva appena deglutito tutta intera. – Uno che sfida le superstizioni in maniera così aperta, per una che ha avuto la sorte di nascere come lei.

– Che cosa intende dire?

– Che anche lei è fra quelle persone che si sono opposte alla scrittura di Teseo Parenti in quanto, vediamo se ricordo le sue esatte parole, «non voglio aver niente a che fare con quel menagramo». Eppure anche lei è nata con un motivo ben noto – continuò il Corradini, mentre suo malgrado lo sguardo gli cadeva sulle magnifiche bocce del soprano – per poter essere considerata una che attira scalogna in teatro.

– Non sono stata certo la sola ad oppormi a Parenti. Né la più veemente. E fra l'altro, non mi sembrava che avessimo torto, visto come è andata a finire. Se c'è qualche stupido come lei, che pensa che siano le donne in generale a portar male, ha sbagliato secolo. Lei doveva nascere nell'antica Roma, signor Corradini, o meglio ancora, nell'antica Grecia. Un militare come lei se lo sarebbero conteso tutti i reggimenti di Tebe.

– Comunque – si inserì prontamente il direttore Bentrovati, mentre il maestro d'armi assumeva una sfumatura amaranto – l'abito che Rossini indossava alla prima del *Barbiere* dicono fosse nocciola, non viola. E non mi sembra da Rossini esibire una provocazione così aperta.

– Dice? Guardi che Rossini era un provocatore nato. E all'epoca aveva ventiquattr'anni appena –. L'impresario Cantalamessa fece un ghirigoro per aria con la forchetta sporca di sugo. – Figuriamoci se uno così non era capace di presentarsi in teatro con un abito viola. Rossini sulla superstizione ci ha scherzato su, altroché, dalla nascita sino alla morte. Mica da tutti, morire di venerdì tredici dopo...

– Ah, verissimo – si inserì il Ragazzoni, bello satollo e soprattutto bello imbenzinato, noncurante del fatto che l'impresario non avesse finito il discorso. – E ci scherzava con un garbo tutto suo. Avete mai ascoltato il suo scherzo pianistico *style Offenbach*?

L'impresario Cantalamessa, per niente infastidito, emise una piccola risatina soffocata, annuendo su e giù con la testa. Quel tizio arrivato non si capiva bene da dove aveva detto di essere poeta e poi aveva vuotato un fiasco da solo in meno di mezz'ora, ma sembrava uno con cui non si correva il rischio di annoiarsi.

– No, non credo – rispose Giustina. – Fra l'altro, non riesco ad immaginare niente di più contrastante degli stili di Offenbach e di Rossini.

– Ah, ma lo stile lì è da intendersi in ben altro modo – rispose il Ragazzoni estraendosi di bocca il ciuffo di barba appena ciucciato, visto che d'altronde si parlava di stile. – Lei è una persona giovane, ma avrà potuto notare tra i più attempati una certa smania di toccare ferro, al sentire il nome del detto compositore francese. Vede, Rossini e i compositori francesi erano diversissimi tra loro, come giustamente dice lei. Ed essendo così diversi, si detestavano.

– O meglio, Rossini se ne poteva fregare, perché era lui quello che aveva successo – precisò il maestro Malpassi, prendendosi la scena. – I cari cugini d'oltralpe invece ne sparlavano in ogni modo. Tra tutti, quello di cui si parlava prima era uno dei più esacerbati. Ma anche quest'ultimo, mi scuserete se non ripeto reiteratamente il nome, come diceva il signor Ragazzoni, era maledetto da fama di jettatore, e Rossini lo ripagò con lo scherno.

– Con una composizione per piano?

– Con una composizione per piano – riprese il Ragazzoni. – Vede, Giustina, nel suo scherzo pianistico dedicato Rossini specifica una diteggiatura particolare: la musica *à la Offenbach* va suonata con il secondo e il quinto dito, così.

E il giornalista, fatte le corna con la mano destra, intonò un trillo virtuale sul legno del tavolo. Il maestro Malpassi, voltandosi verso il Ragazzoni, gli dedicò un gran sorriso.

– Certo che lei di musica ne sa veramente molto – disse, ammirato, dopo un attimo di languido silenzio, continuando a sorridere con tutti i denti che gli erano rimasti, mentre il maestro d'armi guardava l'amico di lunga data con l'aria di chi pensa di fargliene saltare un altro paio.

– Merito di mia moglie – chiarì doppiamente il Ragazzoni. – Suona il piano in modo divino.

– Ed ha anche una voce meravigliosa... Così suadente, così profonda. Ha mai pensato alla carriera di cantante?

– Per carità – si schernì il giornalista. – Fare di lavoro una cosa così bella come cantare? Rabbrividisco al pensiero. Far finta di essere triste quando sono allegro, o di scoppiare di allegria quando magari avrei voglia di non veder nessuno e di rintanarmi sotto lo zerbino... E per di più davanti a una marea di persone. Sarebbe una sofferenza insopportabile. Già sono costretto a lavorare, per vivere.

– Chiamatelo lavoro – disse il Corradini. – Per cortesia, come può avere tanta faccia tosta? Da quando in qua fare il poeta è un lavoro?

– Suvvia, non dica «poeta» con quella faccia. Sembra che le abbiano salato il caffè. C'è chi per vivere fa finta di fucilare la gente, e insegna come far sembrare vero un plotone d'esecuzione fasullo... – il Ragazzoni indicò il Corradini con la punta della cravatta di carta – ... e chi convince i lettori che le parole siano veri ed autentici sostituti della realtà. Fra l'altro, fare il poeta non è certo il mio lavoro.

– Ah, è capace di fare qualcos'altro? A parte collaudare le osterie, si intende?

– Quello è un lavoro rispettabilissimo. E, per fortuna, frequentato assai. *Se ne trovano pel mondo, che sono osti, cavadenti...* – il Ragazzoni indicò col cucchiaino il Corradini – *... boia, eccetera, o secondo le fortune, Grand'Orienti.*

E il Ragazzoni, alzandosi dalla sedia, ci salì in piedi.

C'è chi nasce con la capacità di attirare l'attenzione. Un misto di voce, portamento, la giusta dose di sfacciataggine e di incoerenza; qualcosa con cui si cresce, ma che non si impara, e che qualcuno è in grado di accendere a proprio piacimento, trasformando le altre persone in uditorio, capace di distogliere la propria attenzione solo a recita finita, di solito per chiedersi quale traiettoria della vita avesse potuto produrre quel curioso personaggio con la cravatta di carta, la voce di sassofono e un corpo dotato di due spugne in grado di assorbire tutto, una in testa e l'altra dalle parti del fegato.

E il personaggio continuò, mostrando con gesto da imbonitore gli scampoli di tessuto lasciati in giro dalla sarta di scena e, subito dopo, l'impresario Cantalamessa:

C'è chi taglia e cuce brache,
chi i leoni addestra in gabbia,
chi cattura le lumache,

pausa, allargando le braccia con le palme in alto, come a sottolineare l'inevitabilità della cosa,

io fo buchi nella sabbia.

Quindi, riferendosi a se stesso con il dito indice, come qualcuno che ha fatto qualcosa di brutto, continuò:

I poeti, anime elette,
riman laudi e piagnistei
per stucchevoli Giuliette
di cui mai saran Romei;

i carabinieri, invece
pongono argini alla rabbia
dei colpevoli assassini;
io fo buchi nella sabbia.

Terminata la quartina, mentre i sottotenenti Fresche e Cornacchione si guardavano, il Ragazzoni (che nel frattempo, dalla sedia, era salito direttamente sul tavolo) distolse lo sguardo e la mano dai militi, e fece notare al resto della stanza la presenza dei cavatori:

Sento sussurrarmi intorno
Che ci sono altri mestieri;
bene! A voi! Scolpite marmi,
combattete il beri-beri,

Allevate ostriche a Chioggia,
filugelli in Cadenabbia,
fabbricate parapioggia,
io fo buchi nella sabbia.

O cogliete la cicoria
O gli allori, e a voi Dio v'abbia
Tutti sempre in pace e gloria;

e, muovendo un passo in avanti, solenne, il Ragazzoni trionfalmente concluse:

io fo buchi nella sabbia.

– Si è fatto male?

Il Ragazzoni si staccò dal pavimento, e fece segno al direttore che era tutto a posto.

– Nulla, nulla – confermò a voce, rialzandosi dalle ginocchia in piedi e verificando così con sollievo di non avere nulla di rotto dopo l'atterraggio a pelle di leone da mezzo metro, avendo mancato clamorosamente il tavolo con l'ultimo passo mentre declamava, nell'involontario tentativo di fare un buco nel parquet raccontando dei propri buchi virtuali nella sabbia. – Meglio così. Mi aiuterà a non prendermi troppo sul serio.

Sette

– Il vostro nome per esteso?

– Promettete di non ridere.

Il tenente alzò la testa.

Si incomincia bene, si incomincia.

Già quando l'aveva visto entrare, il tenente non aveva potuto impedirsi di pensare che, se non voleva essere considerato un portamerda, Teseo Parenti aveva il proprio aspetto che remava contro. Disgraziatamente, tutti gli storici sono d'accordo sul fatto che il concetto di personal trainer, per non parlare del fashion consultant, non era ancora entrato nella vita quotidiana degli inizi del Novecento, dato che la gente all'epoca era troppo occupata a sopravvivere. E quindi, al Parenti toccava tenersi l'aspetto che sua madre e il suo sarto gli avevano fornito: un uomo secco e allampanato, curvo come lo sono di solito gli spilungoni, la testa più avanti di un collo preciso rispetto alle spalle, ma che se fosse stato preso e raddrizzato di forza sopra un tavolo (cosa che, a vederlo, veniva voglia di fare) non avrebbe superato il metro e sessanta. Un paio di pantaloni con borse accluse e una giacca probabilmente tagliata da un lavorante indubbiamente fornito da un istituto di beneficenza (sezione Poveri Ciechini Senza Una Mano) coprivano, sempre troppo poco, il disgraziato.

– Perché dovrei ridere?

– Perché Teseo Parenti non è il mio vero nome. Io all'anagrafe risulto come Fridolino Gorgoroni.

– Capisco – disse il tenente, sinceramente. – Quindi, vi siete scelto un nome d'arte.

– E voi cosa avreste fatto, se oltre a chiamarvi di cognome Gorgoroni vostro padre vi avesse perdipiù battezzato Fridolino? Mia madre voleva chiamarmi Francesco, come il nonno, ma mio padre quando andò all'anagrafe...

Il tenente Pellerey smise di ascoltare.

Per due motivi.

Primo motivo, perché per qualche momento si trovò a riflettere sulle usanze demenziali con cui la gente battezzava i figlioli.

Quelli che mettevano il nome del nonno, specie se persona di carattere, nella risibile convinzione che l'anima del bisavolo potesse trasmettersi attraverso il nome, quando invece la genetica talvolta basta e avanza, particolarmente se il nonnino aveva un carattere di merda.

Quelli che mettevano la triade nonna-madrina-padrino al femminile, sennò si offendono e invece di un bel regalone da aggiungere alla dote ti regalano una catenina d'oro col pendentino di San Gaspare, utile solo per perderla.

Quelli che aggiungevano Maria di default, creando mostri di rara androginia: Orso Maria, Bruno Maria, Corrado Maria e via adorando.

Secondo motivo, perché era chiaro che il lamento del Parenti sarebbe andato avanti in modo incoerente per parecchio.

– ... per il mio saggio di diploma, in conservatorio, figuravo ancora come Gorgoroni Fridolino, e vi lascio immaginare i commenti...

Una di quelle persone che dividono il mondo in quelli che ce l'hanno con loro, da una parte, e se stessi, dall'altra.

– ... e mi veleggiavano, borbottando in due quarti «Gor-go-Ro-ni» sul tema...

Una di quelle persone che, non potendo soffrire gli scherzi di nessun tipo, sono da sempre il bersaglio perfetto per quelli più pesanti.

– ... di entrare in carriera, il mio primo impresario mi consigliò di scegliermi un appellativo meno ridicolo...

Impresa facile, tutto sommato. Bene, adesso anche basta.

– Il vostro primo impresario? Intendete Paolo Rossi?

– Non l'avessi mai fatto, signor tenente. No, il mio primo impresario fu Sigismondi, di Prato come me. Andai in seguito con Rossi.

– E quindi conoscevate bene Ruggero Balestrieri?

– Sin troppo.

– Eravate a conoscenza, signor...

– Chiamatemi Parenti, se vi aggrada, signor tenente. Preferisco. È l'unica cosa che mi è rimasta da quando calcavo le scene.

Il tenente, eroicamente, riuscì ad astenersi dal clamoroso gesto di scongiuro del quale sentiva il bisogno sin da quando quel tizio era entrato. Per fortuna, questo ricordò a Pellerey di procedere con un minimo di delicatezza. Non era il caso di chiedere in modo troppo diretto al tizio se era a conoscenza del fatto che la sua fama di menagramo era dovuta al tenore Ruggero Balestrieri.

– Devo richiamare alla vostra memoria una serata disgraziata, signor Parenti. Vi ricordate cosa avvenne a Parma, al Teatro Regio, la sera del primo febbraio...

– Milleottocentonovantasei, e come no. Di incidenti ne possono capitare, ma due in una sera solo a me potevano accadere. Prima, in scena, mi prese fuoco la parrucca. Se me ne fossi accorto per tempo, avrei potuto cavarmela di dosso e continuare a cantare, ma me ne resi conto solo quando iniziai a sentire la nuca rovente. Allora voltai gli occhi e vidi che Bertoletto, che recitava come Don Giovanni, mi guardava con gli occhi sbarrati. Fra l'altro, il povero Bertoletto è mancato poco tempo dopo. Rimase sotto una carrozza a Sanremo, uscendo dal casinò, poco dopo aver vinto una somma considerevole.

Annuendo vistosamente, il tenente si mise a posto l'ultimo bottone del doppiopetto, che nell'uniforme del 1901, quando il milite era seduto, si trovava molto vicino al cavallo dei pantaloni.

– Poi, fuori scena, un qualche disgraziato rimasto nei gabinetti vide bene di azionare il meccanismo del water mentre... ma perdonatemi, vedo che sapete già tutto. Se non vi dispiace, farei a meno di raccontarlo. Me lo racconto già tante di quelle volte da solo...

– Mi dispiace sinceramente avervi causato disagio. Sono però costretto a chiedervi se sapete che era stato Ruggero Balestrieri a provocare volontariamente codesti incidenti.

– Certo che lo so. Mi è stato raccontato adesso, dal signor Cantalamessa, mentre attendevo di essere convocato. Credeva di darmi forse sollievo, ma io non sono fatto per godere delle disgrazie altrui.

– E non ne eravate venuto a conoscenza nei giorni precedenti la recita?

– Nemmeno per sogno, signor tenente. Vedete, i figuranti e la compagnia cantante svolgono prove separate, e si trovano insieme solo per la prova generale, o poco più. Aggiungete che io sono stato convocato solo negli ultimissimi giorni, grazie al buon cuore di Tersilio Bentrovati. Per evitare che qualcuno mi riconoscesse, non ho praticamente avuto contatti con la compagnia se non per la generale e la recita.

– E il direttore Bentrovati non vi aveva parlato della cosa?

– No, assolutamente. Credo avesse paura di mettermi a disagio, ma è una mia ipotesi. Dei tre con i quali ho avuto contatti, oltre al direttore, né il maestro d'armi né i tecnici di scena me ne dissero nulla. Del resto non ne avrebbero avuto il tempo, c'è stato da far le cose parecchio di corsa. Da istruire il quarto componente, un ragazzotto che non mai aveva calcato una scena. Da spiegargli come e perché non si dovesse mai mettere di fronte al tenore, perché questo ragazzo riusciva sempre a piazzarsi di fronte al segno dove si sarebbe posizionato Cavaradossi, e di come non impacciare Tosca mentre il capo plotone...

Una delle cose che contraddistinguono il bugiardo è che esagera.

Fornisce troppi particolari.

Nel tentativo di convincervi che non c'entra niente, vi elenca tutte le ragioni per cui questo non sarebbe mai potuto succedere, invece di dirvi semplicemente che no, non è stato lui.

Può funzionare in un tribunale, ma solitamente non funziona durante le indagini.

– Certo, certo. Avete mai sparato con un fucile, signor Parenti?

Apparentemente sorpreso dalla domanda, Teseo Parenti guardò il tenente di sghimbescio.

– No, signor tenente. Nemmeno con uno a salve.

– Nemmeno durante il servizio militare?

– Sono stato riformato, signor tenente. Figlio unico di madre vedova. Sapete, il mio povero padre...

– Bene, signor Parenti. Potete... vi sentite bene, signor Parenti?

– Nulla, nulla – rispose il cantante, che aveva avuto una smorfia nel rimettere a posto la sedia. – Un po' di dolore alla spalla. D'altronde, con questo clima disgraziato... Io mi chiedo...

E mentre il Parenti si chiedeva come facesse Leopardi a trovare salubre l'aria di Pisa, con tutta quell'umidità che a lui gli entrava subito nel collo e anche basta, il tenente Pellerey guardò per un attimo il sottotenente Fresche, il quale, uso a obbedir tacendo, con lo sguardo rispose affermativamente.

Un tenore lirico medio pesa tra i sessanta e i settanta chili, nonostante non siano rari gli esemplari oltre i centoventi. Il tenore Balestrieri pesava, a occhio, settanta chili circa. Un proiettile sparato da dieci metri in grado di spostarlo in quel modo, come se gli fosse arrivato un ariete nel plesso solare (o un cinghiale nei coglioni, se preferite un esempio più sanguigno dopo tutte queste ciance in stile liberty) doveva avere una quantità di moto considerevole.

Siccome, in natura, ogni azione prevede una reazione uguale e contraria, la stessa quantità di moto doveva per forza essersi trasferita, in direzione opposta, prima al fucile e poi, necessariamente, alla spalla del fucilatore, altrimenti il fucile sarebbe partito verso la platea e magari avrebbe ferito la vedova Trotti in prima fila. Un tiratore esperto sa come gestire il violento rinculo di un fucile, anche di grosso calibro; uno che non ha mai sparato, specialmente se della costituzione fisica del Parenti, rischia seriamente di ritrovarsi con una spalla lussata. E il Parenti, che era una collezione d'ossa dal peso di trenta chili coi vestiti bagnati, aveva evidenti problemi alla spalla destra. Il che non voleva dir niente a livello di tribunale, ma molto a livello di indagine.

– Bene, Parenti, potete andare. Moretti!

Il sottotenente Moretti, come da ululato, entrò, chiuse e aspettò.

– Moretti, accompagni il signor Parenti e mi porti qui Proietti.

– Nome e cognome?

– Antonio Amilcare Gaetano Proietti – rispose il ragazzo, nervosissimo.

– Un nome insolito – disse il tenente, tentando di mettere il ragazzo a suo agio, col risultato di farlo innervosire ancora di più.

– Veramente, credo che Proietti sia comunissimo – rispose il ragazzo, con l'aria di chi si chiede se per caso anche chiamarsi Proietti potrebbe essere un reato.

– Sì, certo. Stavo solo osservando che una persona con un tipico cognome laziale, che parla con accento... umbro?

Non che il tenente fosse un mostro nel riconoscere gli accenti; solo, aveva passato due giorni in mezzo a cantanti lirici, circondato da dizioni perfette e artificialmente toscaneggianti. E l'accento del ragazzo gli ricordava qualcosa.

Al tempo in cui la televisione non esisteva, infatti, anche l'italiano era una lingua che si trovava sui libri, e non nelle orecchie e nelle bocche. Le persone avevano spesso scarsa dimestichezza con i dialetti delle diverse regioni, fatta eccezione per quello di Dante; per questo, nei trattati di canto si raccomandava all'interprete di esprimersi in corretto toscano. Giovanbattista Mancini, nel suo *Manuale pratico di canto figurato*, specificava che il cantante doveva esprimersi «*in lingua fiorentina, con accento senese e grazia pistoiese*», e più d'uno lo prendeva sul serio, col risultato che molti cantanti lirici ostentavano una cadenza toscana fastidiosa come solo può essere il proprio accento storpiato da chi non lo sa fare.

– Non proprio. Ascoli Piceno.

Ecco, ecco. Ascoli Piceno. Come il sottotenente Moretti. Questo sembra un po' più furbo, almeno. Dai, tentiamo di metterlo a suo agio, poveretto.

– Quanti anni avete, signor Proietti?

– Ventuno, da compiere.

– Ventuno da compiere – sorrise il tenente. A ventisette anni, gli sembrava di essere di un'altra era. – Cognome laziale, accento ascolano, e così giovane vi trovo a Pisa.

– Sono venuto a studiare all'Università.

– E cosa studiate?

– Fisica. Sono allievo interno della Scuola Normale.

– I miei complimenti – disse il tenente Pellerey, sincero. – Non è facile essere ammessi.

E il tenente lo sapeva bene, avendo tentato il concorso per la classe di scienze anni prima, e venendo sonoramente trombato.

– E nemmeno rimanervi – disse il ragazzo, con l'orgoglio che si liberava dal nervosismo. – Mantenere la media del ventisette, nessun esame sotto il ventiquattro, e in più gli esami e i corsi interni alla scuola...

– E con tutto questo trovate anche il tempo di lavorare in teatro?

Il nervosismo parve abbrancare di nuovo il collo del ragazzo.

– Mi arrabatto un po' per mantenermi. Qualche lavoretto, come tanti. La fortuna è che la Scuola offre vitto e alloggio gratuiti, e i costi universitari non ci sono, sennò non potrei permettermi di proseguire gli studi. Sapete, in famiglia non è che abbiamo i panni stesi al sole. Mia madre è sola, e in quattro fratelli...

Sì, sì. Ho già sentito quell'altro menagramo del Parenti per un'oretta, e di lamenti altrui oggi avrei fatto anche il pieno.

– Sì, so che non siete uso al teatro. Il signor Parenti, poco fa, mi stava raccontando prima di come abbiate avuto problemi per posizionarvi correttamente in scena.

– Ma sì. Io ero convinto che per formare un plotone d'esecuzione si dovesse stare uno accanto all'altro, e mi veniva spontaneo posizionarmi vicino. E Caravelli si arrabbiava.

– Caravelli? E chi sarebbe?

– Il regista.

– Ed è il regista che decide che posizioni dovete prendere?

– Certo.

Fino a un attimo prima, il tenente Pellerey era sabaudamente convinto che i registi di teatro d'opera fossero dei mangiapane a ufo troppo pigri per rassegnarsi a coltivare la terra; per la prima volta in vita sua, quindi, ringraziò un regista della sua esistenza, chiunque fosse.

– E come sapete che posizione precisa prendere sul palcoscenico?

– I tecnici di scena avevano in precedenza tracciato

dei segni per indicare la posizione precisa di ognuno di noi.

– Solo dei segni? Delle semplici croci?

– Per noi, sì. Per il Cavaradossi, erano segnate le posizioni di entrambi i piedi.

– Come mai codesta differenza? – domandò il tenente tanto per chiedere qualcosa e per non mettersi a esultare come un ultrà, visto che non sperava in un colpo di podice così gagliardo.

– Noi figuranti siamo di spalle, signor tenente. Cavaradossi invece dà la faccia al pubblico. In un momento così drammatico, Caravelli voleva che la luce dell'occhio di bue giungesse in modo adeguato. Il trucco è pesante, pensato per una luce che arriva diritta in volto e con una certa angolazione. Vedete, basta un angolo diverso anche di un singolo grado e l'intensità luminosa, la quale dipende dall'angolo di incidenza oltre che dal quadrato della di...

Per carità, mi ci manca solo la lezione di fisica del normalista.

– Capisco. Se la luce arrivasse di sghimbescio, il Cavaradossi sembrerebbe una donnaccia, non un pittore.

– Sì, più o meno – si rassegnò il Proietti.

– È per lo stesso motivo che il plotone d'esecuzione è stato disposto in quel modo peculiare, a raggiera, ben distanziati?

– Esattamente. In tale modo i fucilieri davano le spalle al pubblico, ma da qualsiasi punto della platea si poteva avere una visione del protagonista perfetta.

– Voi avete mai sparato con un fucile, signor Proietti?

– No. Cioè, a parte per le prove. Posso farvi una domanda?

Normalmente no, ma mi stai simpatico.

– Ditemi.

– Cioè, io ero a meno di cinque metri di distanza dal... Ecco, nel senso, potrebbe essere stato chiunque di noi, se avesse avuto il fucile carico?

– Mi state chiedendo se qualcuno potrebbe avervi caricato il fucile a vostra insaputa, di modo tale che vi faceste boia di qualcun altro?

– Sì, esattamente.

– È una possibilità, signor Proietti.

Il ragazzo sbiancò. E il tenente Pellerey, che pure aveva trovato piacevole prendere in braccio e rianimare Giustina Tedesco, non aveva nessuna intenzione di raccattare dal suolo un metro e novantuno di giovanottone ben nutrito.

– Ma è una possibilità molto remota – continuò il tenente, con tono che sperava convincente. – Come osservavate giustamente, cambiare l'angolo della sorgente di luce anche minimamente dà effetti enormi a qualche metro di distanza. Lo stesso succede con un fucile. Cambiare l'angolazione del fucile di un grado, cosa che a una persona comune capita facilmente, a cinque metri produrrebbe un errore di mezzo metro circa. Sparare, signor Proietti, è meno facile di quanto sembri.

Il ragazzo abbassò gli occhi. Nonostante la spiegazione fosse stata esauriente e quantitativa, non sembrava troppo convinto.

– Bene, signor Proietti, per il momento abbiamo finito. Abbiate la cortesia di aspettare un attimo.

Il tenente Pellerey prese un foglio dalla scrivania e scrisse, in grafia perfetta:

Rintracciare i tecnici di scena. Farsi indicare in maniera precisa i segni tracciati col gesso sul palcoscenico indicanti la posizione dei quattro fucilieri e del tenore. Rilevare metricamente le posizioni con precisione la massima possibile. Porre particolare attenzione alla posizione dei piedi. Riportare l'angolazione che entrambi formano con le assi del palcoscenico. Far eseguire la misura da due persone, separatamente, per essere certi che non vengano compiuti errori.

Piegato il foglio, lo consegnò al sottotenente Moretti.
– Porti questo al sottotenente Cornacchione. Grazie.

Rimasto solo con il sottotenente Fresche, il tenente prese un altro foglio.

Impressioni da verificare.

Antonio Proietti. Non conosceva la vittima. Non sa sparare. Non reticente né contraddittorio, solo nervoso per motivi comprensibili. Improbabile che sia coinvolto in qualsivoglia forma.

Pierluigi Corradini. Conosceva la vittima, verso cui nutriva profonda avversione. Probabili motivi personali, da verificare successivamente.

Sostiene di aver caricato personalmente le armi e di non averle mai abbandonate incustodite – da verificare. Essendo maestro d'armi, sa senza dubbio sparare.

Ha notato un particolare insolito nel momento dell'esecuzione, ma è restìo a testimoniarlo.

Bartolomeo Cantalamessa. Conosceva la vittima, che apprezzava solo per meriti artistici. Ne ha provato avversione per presunta liaison della moglie – possibile motivazione personale. Reticente su alcuni aspetti. Sa sparare, secondo quanto afferma il maestro d'armi.

Teseo Parenti. Conosceva la vittima. Aveva profondi e giustificati motivi per odiarla, datosi che ne aveva rovinato la carriera. Sostiene di non essere stato a conoscenza del ruolo della vittima nella sua disgrazia prima della recita, ma mente con tutta evidenza. Segni di infortuni da principiante nell'uso del fucile – ma non vuol dir nulla di conclusivo.

E sul conclusivo, qualcuno bussò.

– Avanti! – rispose il tenente.

Del resto, il Moretti di guardia alla porta non c'è più, e qualcuno qualcosa dovrà fare.

– Ai comandi, signor tenente – rispose Cornacchione, recando dentro la stanza un uomo dalla barba scomposta.

– Riposo, Cornacchione. Voi siete...

– Ernesto Ragazzoni – rispose l'uomo, con un sorriso ebbro e cordiale. – Mi avete fatto chiamare voi. Almeno, così sostiene questo giovanotto.

Dove l'ho già visto, questo tizio?
– Sì, assolut... Cornacchione!
Cornacchione, che si era effettivamente portato in posizione di attesa, tornò sull'attenti con tutta la rapidità che il suo metro e novantacinque gli permetteva.
– Comandi.
– Come mai è andato lei a prendere il signor Ragazzoni?
– Mi è stato chiesto dal sottotenente Moretti, signor tenente.
– E qualcuno è rimasto a guardia del cadavere, Cornacchione?
– Signornò, signor tenente.
– Cornacchione, il signor Ragazzoni è adulto e autosufficiente ed era perfettamente in grado... – il tenente dette un'occhiata al Ragazzoni, completamente ubriaco, che guardava la libreria oscillando avanti e indietro sui piedi, punta-tacco, punta-tacco, e precisò: – ... di chiedere la strada a qualcun altro. Lei aveva altri ordini, Cornacchione.
– Signorsì, signor tenente. Ho ottemperato agli ordini da lei richiesti per iscritto, signor tenente. Poi, avendomi il sottotenente Moretti in precedenza detto che si doveva rintracciare...
– Il sottotenente Moretti le ha detto, certo. Che grado ha lei, Cornacchione?
– Sottotenente, signor tenente.
– Il sottotenente Moretti è in grado di darle degli ordini?
– Signornò, signor tenente.

– In caso lei riceva un ordine da un suo superiore, e una richiesta da un suo pari grado che risulti contraddittoria all'ordine ricevuto, lei cosa deve fare?

– Ottemperare all'ordine richiesto fino a nuovo ordine, signor tenente.

– Dicevate, signor Ragazzoni?

– Nulla, nulla – rispose il giornalista, che fino a un attimo prima stava canticchiando qualcosa tipo «*Cor-na-cchio-ne, cor-na-cchio-ne, che-fa-ri-ma-col-suo-no-me*», sempre basculando avanti e indietro.

– Torni immediatamente al suo posto, Cornacchione – riprese il tenente. – E avverta Fassina che tra poco inizierò a interrogare gli arrestati.

– Fassina non c'è, signor tenente.

Il tenente Pellerey alzò la testa mooolto lentamente.

– Come sarebbe, Fassina non c'è? Non è rimasto a guardia degli anarchici arrestati?

– È andato a consegnare un biglietto al capitano Dalmasso, signore.

– E chi glielo ha detto?

– Glielo ha detto il sottotenente Moretti, signor tenente. Ha detto che glielo aveva ordinato lei, signor tenente.

Pellerey continuò a guardare il proprio sottotenente, impietrito, mentre la stanza stessa, spaventata dalla situazione, rimaneva in silenzio.

– Cornacchione, quando prima mi ha detto «ho ottemperato ai suoi ordini», intendeva dire che ha fatto eseguire i rilevamenti da un suo sottoposto... – cosa che mi sembrava implicita, visto che ho usato il verbo all'infinito... – o che li ha effettuati di persona?

– Di persona, signor tenente. Insieme con un secondo milite, come da richiesta, signor tenente. Ho chiamato all'uopo il sottotenente Moretti. In questo momento, sta misurando anche lui.

Il tenente si guardò intorno.

– Cornacchione, chi è rimasto a guardia delle persone in custodia?

– Non saprei, signor tenente.

Dal vostro corrispondente

Se ci fosse stata la possibilità di vedere qualcosa, probabilmente la scena che si è svolta questa notte lungo il tragitto che dal Teatro Nuovo *di Pisa porta all'albergo del* Porton Rosso, *avrebbe potuto essere meritevole. Ma il buio, la tenace e abitudinaria tenebra che avvolge la città e soprattutto le sue zone periferiche dopo l'una di notte non ci ha consentito di veder nulla, e così possiamo solo tentare di immaginarci la scena che si stava svolgendo.*

I personaggi coinvolti eran più d'uno, quasi sicuramente quattro, a giudicare dal numero di voci distinte che si potevano sentire. Il tono concitato faceva sospettare che stessero commettendo qualcosa di illecito, come testimoniato dai continui sbrigati, attento, vedi qualcuno?, cosa vuoi che ci veda, non ci si vede un cazzo, è più scuro qui che in miniera, e altre colorite allocuzioni che anche l'ascoltatore più attento non sarebbe riuscito a cogliere, datosi che venivano profferite tutte in un oscuro idioma che di primo acchito somigliava parecchio al dialetto carrarino. Non tutte, a dire il vero. L'ascoltatore più attento avrebbe potuto cogliere nella voce più calma, e più imperiosa, lievi tracce di una calata del Sud Italia, *specialmente nelle rare ma decise occasioni nelle quali dava dei minchioni ai suoi sodali.*

Il tono, oltre che concitato, era fuori di dubbio affaticato, forse perché i quattro (diciamo quattro per supposizione, giacché non possiamo sapere se nel gruppo vi fosse qualcuno silenzioso per qualsivoglia ragione, sia essa intenzione di non farsi udire, menomazione fisica o appartenenza a un qualche ordine religioso benedettino), dicevamo, forse perché i quattro stavano trasportando qualcosa di molto pesante e di riottoso a lasciarsi maneggiare. Ciò si poteva evincere dai frequenti reggi, occhio che casca, prendilo ammodino, ce l'hai bene in spalla?, io ce l'ho con chi t'ha messo al mondo, chetatevi perché sennò fra poco ce l'abbiamo in culo tutti quanti, e altre esortazioni in tal senso.

All'osservatore, o meglio, all'ascoltatore sarebbe potuto sorgere il dubbio che l'oggetto pesante in questione fosse un corpo umano non in condizione di potersi muovere, e nella fattispecie un cantante maschio di nome «Ruggero», in quanto sovente si poteva udire una delle voci chiedere certo Ruggero ma quanto mangiavi, menomale Ruggero ciavevi l'ugola d'oro perché il resto dev'esse' di piombo, boia Ruggero 'un dai una mano d'aiuto né da vivo né da morto, tutte asserzioni alle quali il detto Ruggero non si degnava mai di rispondere, forse perché non in grado di farlo.

La scena, godibile per lo spettatore quanto doveva esser penosa per coloro che vi erano direttamente coinvolti, non ebbe durata tale da poter essere ulteriormente descritta. Non passò molto tempo infatti che una delle voci, con parole ben scandite dal fiatone, chiese in tono sincero e velatamente preoccupato quanto minchia fos-

se distante il mare. Tale curiosa unità di misura della lunghezza non era nota né a chi assisteva né tampoco al resto della compagnia, la quale convertendo la richiesta al sistema metrico decimale all'unisono rispose che la distanza risultava di otto chilometri circa. All'udire la risposta, la voce dalla cadenza meridionale invocò la Santissima Vergine, e chiese se c'era modo di procurarsi un qualche mezzo di trasporto. Abbiamo già rubato un cadavere, mettiamoci a rubare anche il carretto per trasportarlo, disse una delle altre voci. E giù con un turbine di bravo, bene, cosa pensi di trovare alle due di notte in centro città, un carretto a due stanghe andrebbe benissimo, guarda è proprio quello che ci vuole, una te la spacco in testa e l'altra te la rompo in culo, e via con altre osservazioni che non è il caso di riportare in forma scritta. Né forse è il caso di scrivere queste mie considerazioni, le quali sono solo supposizioni in merito a voci udite nella notte, ed esulerebbe forse dal mio compito e dalla mia deontologia professionale riportare le mie illazioni.

Il Ragazzoni sospirò, vuotando il bicchiere con gesto a un tempo voluttuoso e dispiaciuto.

Non sempre è il caso di scriverle, le illazioni. Specie se formulate in un momento di piacevole ebbrezza nel quale pensare di lavorare sarebbe, oltre che inopportuno, anche sconsigliabile.

Poi la cameriera coi capelli rossi passò, sorridendo ed ancheggiando, e indicando la bottiglia vuota chiese se voleva qualcos'altro.

E così, il Ragazzoni cominciò a fantasticare su qualcosa di diverso dai quattro personaggi che erano passati sotto la finestra del suo albergo, un'oretta prima, e l'articolo a cui stava pensando passò a tutti gli effetti nello sterminato archivio delle pagine invisibili.

Otto

Ieri, primo di giugno del 1901, una vile mano al servizio del potere ha assassinato Ruggero Balestrieri, artista come solo un anarchico può essere, anarchico come solo un artista può sognare.

Dal dito indice di quella mano, siamo stati segnalati come fomentatori di violenza e di barbarie.

Dalle stesse dita di quella mano vigliacca e cieca, che non si rende conto di essere serva di un potere pronto a ogni momento a levarle il bastone, e a darlo ad un'altra mano servile, stanotte il cadavere di Ruggero Balestrieri è sfuggito, verso la libertà che gli si addice, come anarchico vero, come tutti gli anarchici anelano, come a tutti gli anarchici capita.

Il destino fu il solito, ma stavolta la mano gli fu amica.

Gli anarchici di Carrara

Gli anarchici di Carrara, pensò il tenente Pellerey. Che si erano guardati bene dal firmarsi per esteso.

I loro nomi, in realtà, il tenente li sapeva benissimo. Bartolo Amidei detto Caronte, Artemio Cattoni detto Barabba, Renato Brandini detto Tamburello, Rosildo Castriota detto Tarallo. Conoscenza assolutamente inutile, ai fini penali, visto che non c'era al momento alcuna prova concreta che fossero stati loro a trafugare il cadavere del Balestrieri.

Né alcuna speranza di rintracciarli, se era per quello: le uniche tracce lasciate dai quattro erano due fregi ornamentali, a detta del direttore dell'Opera Primaziale Pisana un San Gaspare e un San Vitale, a parere del Pellerey due evidenti sprechi di ottimo marmo.

Con un sospiro, il tenente Pellerey guardò il volantino, rileggendolo ancora una volta, come se avesse paura di dimenticarlo. Nel caso in cui questo fosse successo, nessun problema: la città ne era piena, un altro identico lo si ritrovava facilmente.

Dopodiché, il tenente stracciò il foglio. Non con rabbia, ma con metodo, prima piegandolo per il largo e poi per il lungo, e poi strappando lungo le pieghe in modo netto, deciso e inesorabile. Esattamente come avrebbe fatto il capitano Dalmasso con la sua promozione, e con la sua carriera.

Far uccidere un tenore durante la serata di benvenuto al Re era stato grave.

Farsi rubare il cadavere da sotto il naso, da un punto di vista del tenente, era altrettanto irrimediabile.

L'idea del tenente Pellerey era piuttosto semplice: dopo aver stabilito, tramite attento sopralluogo della scenografia e con l'aiuto dei tecnici di sala, la posizione del tenore e dei quattro fucilieri, riuscire a ricostruire tramite analisi balistica la traiettoria del proiettile, ed essere così in grado di identificare con certezza l'assassino, grazie alla assurda ma funzionale messa in scena scelta dal regista.

E grazie all'ignoranza dell'assassino, il quale evidentemente ignorava la possibilità di tale ricostruzione balistica ed era convinto di poter riuscire a farla franca; il che, purtroppo, di fatto eliminava il Corradini, in quanto ex militare, dall'elenco dei plausibili sospetti.

La posizione dei bossoli, pur segnata adeguatamente, non serviva a molto: il palcoscenico, al momento in cui il tenente era arrivato, vedeva coinvolte una decina di persone, assommanti quindi a una ventina di piedi in grado di calciare, volontariamente o meno, la cicca di metallo dal punto in cui era stata proiettata. Trovare tutti e quattro i bossoli era stato un colpo di fortuna notevole, pur se inutile.

Per poter effettuare l'analisi balistica, erano necessarie quindi le seguenti informazioni:

1. Geometria esatta dei quattro fucilieri e del Balestrieri sul palcoscenico, misurata con la massima precisione dal duo di minorati Moretti&Cornacchione grazie ai segni tracciati in corrispondenza dei piedi di ognuno dai tecnici Bonazzi&Pomponazzi.

2. Cadavere con ferita fatale, da utilizzare inserendo una canna (o asticella) per tutta la lunghezza di penetrazione del proietto e ricavando la provenienza dello stesso prolungando la direzione dell'asticella (o della canna) con una linea retta immaginaria che usciva dalla ferita del Balestrieri, proseguiva lungo la canna/asti-

cella e portava dritti dritti al punto da cui il fucile aveva sparato.

Detta linea immaginaria, purtroppo, era immaginaria triplamente, in quanto:

a) la retta è un oggetto matematico di natura astratta, che nella realtà non esiste;

b) un proiettile, quando entra in un corpo umano, è tranquillamente in grado di rimbalzare sulle ossa e di visitare l'interno del bersaglio come una palla da flipper, per cui l'esistenza della linea che il tenente aveva ipotizzato, anche se possibile, non era accertata;

c) qualcuno si era fregato il cadavere del Balestrieri e quindi magari la linea di cui sopra nella realtà esisterebbe anche, ma chissà dove cavolo è.

Il tenente, mestamente, si accinse a iniziare la giornata. E a ricominciare tutto da capo. Che, quando uno è convinto di aver finito, è il compito peggiore che si possa immaginare di affrontare.

Pellerey, ripensando all'interrogatorio della sera prima, si permise un sorriso amaro e fuori ordinanza.

Magari anche l'interrogatorio sarebbe andato al contrario.

Magari.

– Magari, signor tenente – aveva detto il Ragazzoni. – Magari avessi questo senso dell'osservazione che mi attribuisce il buon direttore. No, sono semplicemente una persona curiosa.

Sì, di sapere che colore ha il fondo del fiasco.

– Quello che le posso dire, signor tenente – aveva continuato il Ragazzoni – è che ci sono due incongruenze, o meglio, mi perdoni, due palesi falsità nelle storie che mi ha raccontato.

– Ecco, signor Ragazzoni. Proprio di questo avrei bisogno. Mi dica.

– Allora, la numero uno. Lei dice che il maestro d'armi, il signor... Pierluigi Corradini, giusto?

– Esatto.

– Il signor Pierluigi Corradini avrebbe caricato le armi a salve per l'esecuzione e le avrebbe tenute sott'occhio da quel momento fino all'entrata in scena. Ma questo, signor tenente, non può essere.

– E come mai?

– Perché ho visto di persona il signor Corradini caricare le armi, porle su una rastrelliera, e tenerle d'occhio, sì, ma non continuativamente. Poco dopo l'aria del terzo atto, se ne è andato ed è tornato solo qualche minuto dopo, quando Cavaradossi dice «Liberi!».

– E lei come fa ad aver visto tutto questo?

– Il mio palco, signor tenente, era il primo accanto al palcoscenico. Ho avuto una vista orribile dello spettacolo, ma in compenso mi sono goduto una visione perfetta del retro delle quinte.

– Quindi il Corradini ha lasciato le armi incustodite?

– Assolutamente sì.

– E qualcun altro vi si è avvicinato?

– Ahimè, non so aiutarla. Io non ho visto nessuno, ma sa, in quel momento c'era il duetto. *O dolci mani... mansuete e pure...*

– Sì, sì – troncò il tenente, ingiustamente, visto che anche lui era rimasto ipnotizzato da Tosca che diceva a Cavaradossi che erano salvi. – Quindi non sa se qualcun altro si è avvicinato.

– Io non ho visto nessuno, questo solo posso dire.

– E la seconda falsità?

– Ah, quella. Lei dice che il povero... come ha detto che si chiama, di cognome, il Parenti, per davvero?

– Gorgoroni. Fridolino Gorgoroni.

– Ne ha sin dalla nascita, il pover'uomo, di motivi per lamentarsi. Dicevo, il Parenti sosterrebbe di non aver saputo che il Balestrieri gli aveva giocato quei brutti tiri, prima di stasera. Ma questo non è possibile. Io stesso ho udito il direttore Bentrovati dirglielo due giorni fa.

– Cioè, lei era nella stessa stanza con Bentrovati e con Parenti, quando questo gli disse...

– No, non proprio nella stessa stanza. Il direttore era nel suo studio con Parenti, proprio qui, dove siamo noi ora.

– E lei?

– Io ero sul pianerottolo.

Il tenente squadrò la pesante porta di rovere. Che era già squadrata di suo, peraltro: e, soprattutto, pesante. Aveva scelto lo studio del direttore proprio perché sapeva che da una porta così pesante non trapelava alcun suono.

– Ed è sicuro di aver udito bene?

– Assolutamente, signor tenente. Avevo l'orecchio incollato alla serratura.

Il tenente trasalì. Del resto, nel 1901, si trasale. E poi ci si adira, come si addice a un graduato della Guardia Reale all'inizio del secolo breve, mica ci si incazza come una comparsa di un film der Monnezza.

E il tenente si era incazzato, pardon, adirato perché si era tutto a un tratto ricordato di dove aveva visto quel tizio disgustoso.

Era appena fuori dalla porta, quando aveva parlato con il direttore Bentrovati della morte di Gaetano Bresci.

– Lo fate d'abitudine?

– Cosa? – chiese il Ragazzoni, che si era distratto a guardare i libri nella libreria del direttore, chiedendosi se per caso ne era mai stato aperto uno.

– Non mi prendete per scemo – disse il tenente, tornando duramente alla seconda persona plurale. – Questa cosa riprovevole e disgustosa di origliare.

Il Ragazzoni parve tornare nella stanza. Nello stesso momento, il tenente si sentì stravolgere il piede sinistro da un crampo dolorosissimo. Capita spesso quando uno, pur di non far vedere che è adirato nero, contrae ogni muscolo che gli viene in mente.

– A volte capita. Sapete, nella mia professione accade spesso che le persone dicano quello che vogliono veder scritto, e non quello che è successo per davvero.

– Capita anche di scrivere quello che si vuole che altri leggano?

– Dipende. Io preferisco scrivere quello che nessuno sa. Che so, farebbe grande piacere ai lettori della

Stampa sapere in che modo vi siete sbarazzati del cadavere del Bresci. Girano voci che sia stato gettato in mare. Voi ne sapete nulla?

– No. Né del cadavere del Bresci, né del cadavere del Balestrieri – rispose il tenente, mentre il crampo si riproponeva, cosa che non lo aiutava a mostrarsi amichevole. – Voi piuttosto, di quest'ultimo feretro, ne sapete nulla?

– Mi rincresce, no.

– Né avete idea di dove si trovino i suoi trafugatori, presumo.

– Mi compiaccio della vostra presunzione. Scusate, del vostro presentimento. Volevo dire presentimento, ho detto presunzione – continuò il Ragazzoni dopo un flebile rutto travestito da singhiozzo. – Ho letto un interessante saggio di un medico austriaco, quest'anno, che parla proprio di questi fenomeni. Li chiamava *Fehlleistung*, che in latino si tradurrebbe più o meno come *lapsus*. Un atto mancato. Nel vostro caso, un cadavere mancato. Cioè quello del Balestrieri, intendo. Non voi. Non vorrei che pensaste che vi auguro, assolutamente no.

– Io non penso niente. E non azzardatevi ad appiccicarci dietro uno dei vostri prevedibili motti di spirito. In che condizioni eravate, al momento in cui avete visto il Corradini abbandonare le armi?

– Cioè, se ero sobrio? – Il Ragazzoni cominciò a lavorare intorno a un dito un ciuffo di barba, per poi ciucciarlo pensosamente per qualche secondo. – Sì, signor tenente. Ero penosamente sobrio. Anche se a volte me ne verrebbe voglia, io sul lavoro non bevo mai.

– Ci sono altre incongruenze o falsità che avete ravvisato nel mio racconto?
– No, così su due piedi...

Allora, ricapitoliamo.
Il Corradini ha lasciato i fucili incustoditi per, come minimo, dieci minuti buoni. Il Ragazzoni non ha visto avvicinarsi nessuno, ma per sua stessa ammissione era distratto dalla musica. Va anche detto che il Ragazzoni aveva sostenuto di essere sobrio al momento del fatto, cosa su cui il tenente Pellerey aveva dubbi pesanti come l'alito di un avvoltoio.
Il Parenti sapeva che era stato il Balestrieri a rovinargli la vita. E quindi aveva un movente tangibile, e comprensibile.
Molto più comprensibile degli altri due.
Si può uccidere per gelosia, o per rancore, ma nel mondo del tenente Pellerey si uccideva molto di più per vendetta. Se avesse dovuto scommettere, avrebbe scommesso su Teseo Parenti.
Peccato solo non avere uno straccio di prova. Tre possibili assassini, con tre moventi validi, e non un modo per poter discriminare l'uno dall'altro.
Ieri ero a tanto così dalla soluzione, e adesso non so da che parte sbattere la testa.
– Avanti!
Dopo aver bussato, il sottotenente Moretti entrò nella stanza, con una busta in mano, tenendosi a rispettosa ma anche impaurita distanza dal tenente Pellerey.
– Avanti Moretti, mica mordo. Che c'è?

– Dispaccio a mano urgente per lei, signor tenente. Dal capitano Dalmasso.

– Mi dia qua, Moretti.

Tanto, peggio di così non può andare.

Il tenente lacerò la busta col tagliacarte e ne estrasse un foglio piegato in due.

Ricevuta vostra lettera con impressioni, dalla quale non si evince altro se non che siete ben lontano dal giungere a conclusione dell'indagine. Mi appare palese che non sappiate quali pesci pigliare.

Ormai è altresì acclarato il complotto anarchico. La mancata sommossa, la città irta di volantini parlano chiaro. Sono temute sollevazioni in varie città del Regno dove è in programmazione l'opera. Come se non bastasse, abbiamo testé saputo con certezza che il Puccini Giacomo e il Balestrieri hanno tenuto corrispondenza, scrivendosi verso la metà di maggio.

È ormai chiaro che a capo della faccenda intiera non vi è altri se non il Puccini stesso.

Se non si giunge a capo dell'indagine entro le prossime 48 ore, sarà necessario prepararci a far arrestare il Puccini Giacomo e ad attuare tutte le misure necessarie a tacitare la ferocia anarchica.

– Si sente bene, signor tenente?

– Io sì, Moretti. Grazie. È vicino, l'ufficio telegrammi?

Atto terzo

Nove

– Prima di cominciare, avrei una richiesta da fare – disse il maestro Corradini.

– Spiacente, ma non posso ascoltarla – rispose il tenente Pellerey, senza guardare il maestro d'armi, ma smettendo di camminare per il palcoscenico. – Abbiamo urgenza assoluta di concludere l'indagine, e vi ho riunito appositamente in questo luogo per far luce su alcuni aspetti in modo definitivo, affinché non rimanga alcuna ambiguità.

E, sempre rimanendo fermo, fece un largo giro con lo sguardo sui protagonisti della scena. I quali, per una volta, si trovavano a calcare il palcoscenico in modo del tutto involontario, e non esattamente a loro agio.

Forse perché erano tutti seduti, a parte il tenente Pellerey, e si sa che da seduti si recita male e si canta peggio, e quello in piedi è l'autentico protagonista; forse perché in platea non c'era nessuno, che per un artista è sempre motivo di disagio; forse perché gli unici quattro spettatori erano sui palchi, vestiti da carabiniere e armati di moschetto, chissà. Sta di fatto che quasi nessuno di quelli seduti a semicerchio intorno al tenente Pellerey era completamente tranquillo.

Non era tranquillo il direttore Bentrovati, che si era passato il dito tra collo e colletto talmente tante volte da far diventare rosso l'uno, e nero l'altro.

Non era tranquillo l'impresario Cantalamessa, nonostante ostentasse indifferenza unita a un minimo senso di fastidio di chi deve stare fermo mentre avrebbe cose più importanti da fare, nel tipico atteggiamento di chi guarda il telefonino nella sala d'attesa di un oncologo.

Non era tranquillo il maestro Corradini, che sedeva in punta di sedia cauto come un novantottenne ad una festa dell'asilo nido, talmente contratto che sembrava sul punto di mettersi a vibrare.

Non era tranquillo Teseo Parenti, che si guardava intorno nella consapevolezza che sì, tutti ce l'avevano con lui, ma qualcuno probabilmente di più.

Non era tranquillo Antonio Proietti, ma tanto non lo consideravano.

Non era tranquillo il maestro Malpassi, ma lui faceva poca impressione, visto che non era tranquillo mai.

Insomma, non era tranquillo nessuno.

Incluso il tenente Pellerey, che si sentiva la mano del capitano Dalmasso stretta intorno al collo, e già vedeva i titoli di giornale con scritto «Il maestro Puccini arrestato dai carabinieri».

Altro che Gaetano Bresci. Altro che sommossa popolare. L'Italia intera sarebbe esplosa, sì, ma dalle risate.

– Lo stesso dovrebbe valere per noi – insisté il Corradini, ma senza nemmeno guardarsi intorno. – Avrei piacere di sapere per quale motivo le persone coinvolte non siano state tutte qui convocate.

– Per esempio, signor Corradini? – chiese il Cantalamessa, con un tono che non nascondeva antipatia.

– Per esempio, perché la signorina Tedesco non è fra noi?

– Se è per quello, non ci sono nemmeno i tecnici di scena – fece notare il direttore Bentrovati.

– Sì, ma la soprano Tedesco, nonostante il nome, è donna – fece notare il Ragazzoni, con clamorosa indifferenza. – Il signor Corradini, si sa, non è aduso a trattare le signore. Conseguenze della austera e maschia vita militare, forse, ma non saprei. Ho visto il tenente Pellerey molto più a suo agio sull'argomento «signore». O meglio, dovrei dire «signora». In fondo in quest'opera c'è solo una singola cantante femmina, no?

Bartolomeo Cantalamessa guardò male il tenente Pellerey il quale, dal canto suo, non se ne accorse, dato che stava guardando malissimo il Ragazzoni, come del resto il maestro d'armi Corradini.

– La signorina Tedesco non è qui perché è stata l'unica, sino ad ora, ad ammettere il suo pieno coinvolgimento nei fatti che la riguardavano e a non cadere in mutua contraddizione con affermazioni fatte da altri. Tutti voi, invece, in qualche modo lo avete fatto.

Il tenente, riprendendo a camminare su e giù per le assi del palco, le mani strette dietro la schiena, cominciò l'appello.

– Voi, signor Cantalamessa, nascondendomi il vostro stato matrimoniale con la suddetta Giustina Tedesco.

– Questo non ha nulla a che fare con voi e con il caso – disse il Cantalamessa, più ai suoi vicini che al tenente.

– Voi, signor Parenti, affermando di non sapere che il Balestrieri era stato la causa all'origine delle vostre disgrazie al momento di calcare la scena, e voi, direttore Bentrovati, per aver omesso questo particolare.

– Come lo avete saputo?

Qui comando io, disse il tenente Pellerey voltandosi sui tacchi d'autorità.

– Rispondete, per favore. Potete confermare le vostre affermazioni, e smentirmi?

Teseo Parenti, dopo aver guardato brevemente in basso, guardò il tenente:

– Sì, lo sapevo. Vi ho mentito deliberatamente. Mettetevi nei miei panni, signor tenente.

Ma nemmeno per idea.

– Posso comprendervi, signor Parenti. Posso anche perdonarvi. Ma non posso dimenticarmi il fatto. Non posso dimenticarmi il fatto che avete mentito tutti. Tutti. Escluso il signor Malpassi, che è qui per suo espresso desiderio.

– Ah, dunque avrei mentito anche io?

Il tenente, internamente, sorrise. Se lo era tenuto per ultimo apposta, l'antipaticissimo maestro d'armi.

– Voi più di tutti, signor Corradini –. Il tenente Pellerey estrasse dalla cartella un foglio di carta e cominciò a leggere. – Leggo da verbale: *Domanda: Ha tenuto d'occhio le armi dopo averle caricate? Risposta: Certo. Domanda: Senza mai distoglierlo? Risposta: Certo.*

Domanda: Ne è sicuro? Risposta: Signor tenente, è il mio lavoro.

– Confermo quanto ho detto.

– Signor Ragazzoni, avete nulla da eccepire a quanto detto dal signor Corradini?

Qui, tocca chiedere perdono al lettore. Prima, era stato affermato che nessuno nella stanza era tranquillo; sarebbe stato molto più preciso dire che nessuno era tranquillo a parte Ernesto Ragazzoni, che sedeva stravaccato sulla seggiola all'estrema sinistra, la caviglia destra sul ginocchio sinistro e l'emisfero destro temporaneamente sottomesso all'emisfero sinistro.

– Nulla, assolutamente – si riprese il Ragazzoni. – Il signor Corradini era in grado di tenere lo sguardo fisso sui fucili, a patto che avesse un periscopio. L'ho visto allontanarsi coi miei occhi dalla sua postazione al momento in cui Tosca...

La sedia su cui era seduto il Corradini si ribaltò, in conseguenza del principio di conservazione della quantità di moto e del fatto che il Corradini era scattato in piedi. Siccome non esiste un principio della conservazione dell'intensità di colore, però, la sedia era rimasta di un tranquillo e affidabile tono di mogano, nonostante il viso del maestro d'armi fosse diventato color rosso pompeiano.

– Signor tenente, non vorrete dare ascolto alle fandonie di quest'etilista!

– E perché no? – ribatté tranquillamente il Ragazzoni. – Chi è ubriaco dice sempre la verità, è cosa nota. Io ho solo riferito ciò che ho visto.

– Ciò che credete di aver visto – rispose il Corradini, sedendosi e cercando di riprendere distaccato. – Magari il fondo del fiasco che avevate cacciato in gola vi ha confuso la visuale. E comunque, signor Ragazzoni, anche un militare dice sempre la verità.

– Ma voi non siete più un militare, signor Corradini – fece notare il Ragazzoni.

– Di carriera, no. Di principi, sì.

– Allora, visto che siete così sincero, raccontateci per quale motivo non fate più parte del Regio Esercito. Mi pare di aver sentito che abbia a che fare col vostro vizio di correr dietro alle gonnelle. Quando siete in Scozia, naturalmente.

Il punto di colore del Corradini cambiò nuovamente, virando dal rosso acceso al marrone pallido pallido.

Per un militare, e nella fattispecie un carabiniere, nel 1901 essere definiti omosessuali era un disonore senza paragoni.

Nel corso del secolo, per fortuna, la società è cambiata, e gli stessi carabinieri nei loro bollettini ufficiali – già dal 2012 – definiscono l'omosessualità non più un disonore, bensì una patologia, il che rappresenta senza alcun dubbio un deciso passo avanti. Nessuno, infatti, può essere considerato responsabile delle proprie malattie: mica si può prendere uno a calci perché ha l'ulcera, no?

Ciò non toglie che, di fronte a un numero non indifferente di persone tra cui alcuni militari in carriera, il maestro d'armi Pierluigi Corradini era stato offeso nell'onore. E a chi si riteneva un gentiluomo, nel 1901, c'era una sola strada per salvaguardare il proprio onore quando veniva offeso di fronte ad altri gentiluomini.

Il maestro d'armi si alzò in piedi, apparentemente calmo.

– Ritirate quanto avete appena detto.

– Ahimè, potessi farlo. Bisognerebbe poter tornare indietro nel tempo.

– Vi rifiutate, di fronte a testimoni, di ritirare le vostre parole?

– Non vedo come potrei farlo. Ormai le hanno sentite.

– Pierluigi, per carità... – disse il maestro Malpassi, più Maria Maddalena che Renato Maria.

Ma il maestro d'armi parve non aver nemmeno sentito l'amico. Con solenne serietà, si sfilò il guanto destro.

– Domani mattina all'alba, signor Ragazzoni, vi chiederò conto e merito del vostro oltraggio. Con il vostro permesso, signor tenente, chiamo a testimoni dell'offesa subita i signori militari qui presenti.

– Permesso accordato – disse il tenente, a denti stretti.

– Ma che, mi ha sfidato a duello? – chiese il Ragazzoni, guardando il tenente Pellerey.

– Così pare, signor Ragazzoni.

– Oh, Gesù – disse il Ragazzoni, scuotendo la testa. – Dal secolo dei lumi all'età della pietra. Va bene, va bene. Purché lasciate continuare il signor tenente a fare il suo lavoro, visto che non sapete fare il vostro.

– A quanto pare, non sono il solo – disse il maestro Corradini, evidentemente ringalluzzito dal questionabile successo ottenuto.

– Che intendete dire, signor Corradini?

– Che intendo dire? Guardate qua, signor tenente. Siamo qui, soggetti alla vostra inquisizione, solo perché non riuscite a cavare un ragno dal buco. Avete a disposizione tutti i testimoni, e invece di fare le giuste domande alle giuste persone date credito ai farneticamenti di un ubriacone, il quale ha già ampiamente dimostrato la sua bassezza ferendomi nell'onore, cosa di cui domani mi renderà...

– Non confondiamo le cose, signor Corradini. Le considerazioni personali del signor Ragazzoni sono una cosa, la vostra condotta durante l'opera un'altra. Voi dunque negate di aver abbandonato le armi nel corso della recita?

Ci fu un attimo di silenzio. Pesante, vibrante e avvertibile. Poi, nel silenzio, si sentì il tipico rumore di un menagramo che si schiarisce la gola.

– Pierluigi...

– Che c'è?

– Pierluigi, mi dispiace, ma tu mi sei venuto a chiamare nel corridoio più o meno al momento che dice il giornalista...

– Ma Teseo, ma ti sei...

– No, Pierluigi, no. Ti ringrazio di quello che hai fatto, ma qui stiamo parlando di un omicidio. Mi dispiace, ma non posso tacere.

Qui, nonostante fosse pieno 1901, il maestro d'armi Pierluigi Corradini s'incazzò di brutto.

– Ma allora ditelo che ce l'avete con me, Cristo Santissimo! – sbroccò il maestro d'armi. – E io, disgraziato, che ho anche dato retta a questo genio del Bentrovati! E io, deficiente, che ci godevo all'idea di vedere tutto questo branco di ritardati trasalire, nel vedere che eri stato sul palco tutto il tempo, e non era successo nulla! E io, testa di cazzo, che ho fatto l'impossibile per tener nascosto questo cadavere verticale – qui, a scanso di equivoci, il Corradini indicò il Parenti – e non farlo riconoscere da nessuno di quelli che poteva! E questo è il ringraziamento! Ma io...

– Rimettetevi a sedere, signor Corradini.

Sarà il tono, sarà l'effetto straniante di sentirsi dare del «voi», sarà il fatto che i quattro carabinieri sui palchetti avevano imbracciato il moschetto e lo tenevano puntato verso il palco, sta di fatto che il Corradini, dopo essersi guardato intorno, si sedette.

– Ma ti rendi conto almeno, disgraziato, che così possono accusare anche te?

Il Parenti guardò il maestro d'armi come uno spaniel che, abbaiando, ha appena fatto padellare un fagiano al suo padrone.

– Scusami, Pierluigi, scusami davvero. Se avessi detto la verità prima, magari adesso in questo pasticcio non ci sarei.

– Ah, perché, adesso sei convinto di essere messo bene? Con questo scalzacane a condurre le indagini, che si fa sfuggire persino i cadaveri?

Per capire quanto sta per succedere, occorre avere una seppur vaga idea del codice cavalleresco italiano, ossia del rigido elenco di possibili modi in cui può reagire un vero gentiluomo quando viene offeso nell'onore senza che la legge ordinaria possa porvi rimedio. Chi scrive è cosciente di come, al lettore medio, che vive nel ventunesimo secolo, tale codifica possa apparire come un gigantesco cumulo di stronzate; purtuttavia, tale codifica all'epoca non solo esisteva, ma era anche tenuta in gran conto da un numero non trascurabile di persone, e ignorarla non sarebbe corretto.

Da un punto di vista tecnico, aver dato del culaiolo al maestro Corradini costituiva offesa gravissima, o di terzo grado, altrimenti definita oltraggio. L'offeso in terzo grado ha quindi diritto di stabilire, oltre alle armi e alle condizioni dello scontro, anche la natura dello stesso, sempre nell'ambito delle leggi d'onore. Per esempio, nei duelli alla pistola, stabilisce la distanza a cui si debbano trovare i contendenti.

L'accusa di incompetenza, o di mancanza di capacità tecniche, ovvero l'offesa rivolta dal Corradini al tenente Pellerey, era invece codificata come offesa di primo grado; l'offeso in primo grado ha diritto solo alla scelta delle armi, e per il resto saranno i padrini a decidere i dettagli dello scontro. Ma, senza dubbio, offesa era.

E offesa recata al Pellerey di fronte a dei sottoposti, dopo che lo stesso tenente Pellerey era stato tacciato di incompetenza dal suo stesso superiore.

Se il tenente non faceva qualcosa, avrebbe perso per sempre il rispetto dei suoi uomini. E il tenente aveva sempre pensato che i gradi non solo si conquistano, ma si rispettano e si onorano.

Nessuno doveva permettersi di offenderlo di fronte ai suoi sottoposti.

In più, dopo giorni passati ad accumulare tensioni di ogni tipo, il tenente aveva una gran voglia di sfogarsi, e l'idea di poter sparare al Corradini non gli dispiaceva affatto. Purtroppo, nessuno è perfetto.

– Ritirate.

– Manco per sogno – rispose il Corradini, che sembrava aver ripreso il controllo della situazione. – È chiaro che non avete la più pallida idea di chi sia stato, e avete tentato di intimidirci con questi trucchi da salotto al solo scopo di farci crollare i nervi. Questo è indegno di voi come uomo e come militare.

– Allora, se vi rifiutate, non ho altra scelta. Domani mattina all'alba vi renderò conto e merito delle vostre parole.

– Quando volete voi, signor tenente. A proposito, ancora non ci avete spiegato perché la signorina, pardon, signora Tedesco non è qui.

– Non sono tenuto a spiegarvi alcunché. Come vi ho già detto, siete stati convocati perché ognuno di voi è stato mendace o reticente nel corso degli interrogatori.

– E come fate a sapere che la signora vi ha detto la verità?

– Già, tra l'altro – si introdusse il Bentrovati. – A me avete chiesto notizie su chi altri aveva partecipato al complotto anarchico. Significa che la signora non vi ha detto tutto.

– Non stiamo parlando di un complotto anarchico da

operetta, in questo momento. Stiamo parlando di un omicidio.

– E chi lo dice che le due cose non sono collegate?

Il tenente Pellerey si rese conto che stava per perdere il controllo della situazione. Per fortuna, arrivò un aiuto, oltre che inatteso, anche insperato. Insperato, perché ad attirare l'attenzione fu il Ragazzoni; inatteso perché, di tutti i modi per attirare l'attenzione, un rutto non è il primo che viene in mente.

– Ha parlato il testimone chiave – chiosò il Corradini. – Sarei curioso di vedere come metterete a verbale questa interiezione, signor tenente. Vi rendete conto a che razza di persona vi siete affidato?

Effettivamente, anche il tenente Pellerey incominciava ad avere qualche dubbio.

– Il signor tenente ha tutti i motivi per affidarsi a me – rispose il Ragazzoni, dondolandosi sulla sedia. – Io, semplicemente, so quando vedo qualcosa e quando non lo vedo. Se non lo vedo, se non ne sono certo, non lo dico. Ma se ne sono certo, allora è mio dovere parlarne. Ma è più probabile che lo veda, fidatevi.

– Voi vedete tutto, dunque? Come gli stregoni delle Indie? – disse il tenente, con un tono di scherno che al Ragazzoni non sfuggì.

– No, non ho detto questo. Ma meglio di voi, sicuramente. L'amore, si sa, rende ciechi. Anche l'amore solitario può rendere ciechi, a lungo andare, però, debbo avvertirvi.

– Non sono sicuro di aver capito bene cosa state dicendo.

– Ma suvvia, signor tenente. È una cosa naturale, e del resto le grazie della signora Tedesco non passano di certo inosservate. È comprensibile che abbiate per lei un occhio di riguardo.

Il silenzio che calò nella stanza era talmente indescrivibile che è inutile anche cercare un modo efficace ma elaborato per farlo.

– Signor Ragazzoni, non sapete quel che dite.

– Non solo lo dico, ma l'ho anche scritto. Uscirà sul giornale di domani.

– Cosa?

– In fondo è il mio lavoro. Dico, qualcuno dovrà farlo, il proprio lavoro. E a quanto ho visto e sentito finora mi pare di essere l'unico a farlo bene. Perché, è un problema?

Il tenente si guardò intorno, leggendo sui volti dei suoi militi la stessa risposta che era venuta in mente a lui.

Sì, era un problema.

Se essere tacciati di incompetenza era un'offesa di primo grado, e sentirsi dare dei sodomiti era un oltraggio di terzo grado, una offesa a mezzo stampa era un'ingiuria di quarto.

Ossia il grado massimo, in quanto ponderata, voluta e divulgata in modo permanente.

Avendo il tenente risposto a una offesa di primo grado, non poteva permettersi di trascurarne una di quarto di fronte agli stessi testimoni.

Ne andava del suo onore e della sua coerenza.

Dieci

– *E lieve lieve sale la neve, sull'alta pieve di Pontassieve...*

L'uomo con la barba, un passo dopo l'altro, arrivò al viottolo che dall'aiuola centrale della tenuta portava alle stalle, e lo imboccò.

– *... e il tetto breve che ne riceve più che non deve si fa più greve...*

Mentre camminava, intorno, la Reale Tenuta di San Rossore era immersa nel silenzio. Silenzio rotto solo dalla continua e incessante cantilena che l'uomo aveva iniziato chissà quando.

– *... sempre più greve, e cede in breve...*

E che ciclicamente, a un certo punto, si raccordava e ricominciava, come il meraviglioso canone cancrizzante della *Müsikalische Opfer* di Johann Sebastian Bach, che all'uomo con la barba era del resto sempre piaciuto.

– *... non più la neve sopra la pieve, sibben la pieve sopra la neve, che cade lieve sull'alta pieve di Pontassieve...*

E come un vero e proprio canone cancrizzante, sarebbe potuto andare avanti per ore, se una voce scoppiettante non avesse interrotto la nenia.

– Altolà? Chi è là?

– Siete voi, signor tenente?

Un tenente delle Guardie Reali non dovrebbe montare di guardia di notte, come un soldataccio qualsiasi. E, nel caso in cui vi sia costretto, dovrebbe montare di guardia agli appartamenti del Re, o della Regina, o di qualsiasi altro membro fondamentale (si fa per dire) dell'augusta famiglia.

Essere destinati di guardia alle porcilaie era stata, chiaramente, una punizione.

Punizione che il capitano Dalmasso gli aveva comminato con una soddisfazione non priva di una punta di sadismo, dopo che era venuto a sapere che il giorno dopo si sarebbe battuto in duello con uno degli accusati e con un giornalista che sapeva maneggiare molto meglio la bottiglia della pistola.

– I duelli si fanno per mantenere intatto l'onore, tenente Pellerey. Non per coprirsi di ridicolo.

Parli te, che vuoi far arrestare Puccini?

– Non c'è nessun senso di responsabilità nel duellare con un accusato di omicidio. Significa abbassarsi al suo livello. E non c'è nessun onore nello sparare a uno scribacchino. Sarebbe come uccidere un inerme.

E di questo il tenente cominciava a rendersi conto.

– Noi siamo militari, e dobbiamo mantenere l'ordine. E per mantenere l'ordine l'unico modo è avere il rispetto. E per ottenere il rispetto bisogna dimostrarsi superiori a queste bagattelle, non reagire a sangue caldo.

Va bene, ho fatto la cazzata. Ne sono cosciente. Ho fatto una cazzata talmente grossa che sto costringendo il capitano Dalmasso a dire delle cose ragionevoli. E ora?

– Pure, voi avete sfidato queste due persone, e occorre che manteniate la parola data. Vi consento di partecipare al duello, ma a condizione che nessuno rimanga ucciso. Sono sicuro che troverete il modo.

Il tenente Pellerey, pur se conscio di essere nel guano fino alle mostrine, sorrise internamente per l'involontario riconoscimento. Era cosa nota, nel battaglione, che Pellerey era in grado di accecare una mosca a venti passi.

– E per essere certo che domani all'alba vi presentiate lucido a sufficienza, credo sia meglio per voi non andare a dormire, stanotte.

E così, il tenente si era ritrovato a guardia dei maiali, tenuto sveglio dalla rabbia per la figuraccia, dall'adrenalina per il duello imminente e dal tanfo terrificante che proveniva dalle poco nobili abitazioni a cui era costretto a montare la guardia.

La paura di vedersi revocata l'indagine non c'era, perché ormai ci si era rassegnato; ma c'era, più forte di tutto, la vergogna.

Vergogna per non aver saputo svolgere il suo incarico.

Vergogna per essersi abbassato a sfidare a duello un giornalista ed un teatrante.

Vergogna per essere stato mandato a far la guardia a dei prosciutti troppo crudi.

E, ad esser sinceri, in quel frangente non era esattamente desideroso di vedere qualcuno, e di essere visto da qualcuno. Ma, dovendo stilare una classifica delle persone in ordine di gradevolezza, l'ultima persona con cui avrebbe avuto piacere di intrattenersi in quel momento era senza dubbio Ernesto Ragazzoni.

– Sono io, signor tenente. Non sparate.
– Le due frasi non sono coerenti, signor Ragazzoni. Non con il mio stato d'animo attuale.
– Certo, certo. Vi capisco. Anzi, mi compiaccio del vostro spirito. Posso avvicinarmi?
– Se fate ancora due passi, Ragazzoni, sarà mio preciso dovere fare fuoco.
E a volte piacere e dovere coincidono.
– Sì, ne sono a conoscenza. Ho urgenza di parlarvi.
– Potete farlo tranquillamente dal posto in cui siete.
– Vedete, signor tenente, sono in un brutto guaio.
– Voi? Voi siete in un brutto guaio? Io ho perso ogni possibilità di carriera, ho perso ogni possibilità di catturare l'assassino, e voi siete in un brutto guaio?
– Senza offesa, signor tenente, credo di sì. Domattina all'alba fronteggerò per un duello alla pistola voi e il signor Corradini. Io non ho mai tenuto in mano una pistola, e mi è stato assicurato che il signor Corradini prende una moneta a venti passi due volte su tre.
– Allora sì, signor Ragazzoni, siete nei guai. Io una moneta a venti passi non la mancherei nemmeno bendato.
– È per questo che ho bisogno del vostro aiuto. Altrimenti l'alba di domani mi vedrà cadavere.

Il tenente non spiegò che aveva avuto precise disposizioni di non sparare per uccidere, ma era pur sempre vero che il maestro Corradini, per sua fortuna, non era agli ordini del capitano Dalmasso.

– E per quale motivo dovrei darvi aiuto, di grazia?

– Perdonatemi, signor tenente, ma se ho inteso bene quanto dicevate oggi, prima di convocarci, avreste interesse a ritrovare il cadavere di Ruggero Balestrieri. Avete detto che avendo il cadavere avreste facilmente smascherato l'assassino.

– È così.

– Bene, signor tenente. Io so dov'è il cadavere.

Il Ragazzoni tacque per qualche secondo, godendosi l'espressione del tenente.

– E posso aggiungere che avete ragione – disse poi, mentre il tenente, comprensibilmente, taceva. – Non sono un esperto di balistica, ma questo caso è talmente lampante e chiaro che anche un bambino saprebbe rispondervi. Dalla ferita l'assassino si capisce chiaramente.

Il tenente, dopo essere rimasto qualche secondo nella posizione del bambino a cui il logopedista sta insegnando a pronunciare la «o», si riprese.

– Non sarete convinto che io mi lasci buggerare da un trucco così meschino, spero?

– Sapevo che mi avreste risposto così. Ho portato un pegno della mia buona fede.

E, alzando la sinistra col palmo in avanti, cacciò la destra nella tasca della giacca.

– Tirate immediatamente fuori la mano da quella tasca! – intimò il tenente, puntando il moschetto.

Il Ragazzoni, pallido sotto la pallida luce lunare, estrasse di tasca la mano che stringeva tra le dita quello che sembrava un piccolo pezzo di panno bianco. Ma, dai bordi netti e dalla consistenza, il tenente realizzò un attimo dopo che si trattava di un pezzo di carta.

– Ho saputo che il vostro capitano avrebbe intenzione di far arrestare Giacomo Puccini.

– Non mi risulta – mentì il tenente.

– Perdonate, signor tenente. A me risulta con assoluta certezza che il capitano abbia saputo che Puccini e Balestrieri si sono scritti, nel mese che precedeva la recita. A quanto pare, ha presunto che il contenuto delle missive che si sono scambiati riguardasse l'organizzazione della sommossa.

– E voi come lo sapete?

– Anche i soldati vanno all'osteria, signor tenente. Ma il signor capitano si sbagliava, signor tenente. Il contenuto di quelle lettere non riguardava affatto la congiura.

– Ripeto: voi come lo sapete?

– Tutte le persone conservano la loro corrispondenza – disse il Ragazzoni, mostrando il foglio che teneva in mano. – Ecco, stanotte mi sono permesso di frugare tra le carte del Balestrieri, nella sua camera d'albergo. Credo che questa vi interessi.

E, piegata la carta con due abili gesti di mano, ne ricavò un aeroplanino che fece poi planare, con grazia e leggerezza, ai piedi del tenente Pellerey.

Il tenente si piegò, sempre col moschetto puntato, e raccolse il foglio.

Poi, un occhio al foglio e uno al suo latore, cominciò a leggere.

Milano, 20 maggio 1901

Caro Ruggero,

ricevo con piacere con questa tua la notizia che canterai Cavaradossi a giugno, a Pisa, e me ne rallegro. Insieme, mi chiedi della possibilità di poter inserire per il personaggio del pittore una, o magari due, arie aggiuntive, che più si addicano alle tue qualità vocali.

Non ti nascondo, Ruggero mio, che ho già i miei problemi a tener buono il caro Victorien Sardou, l'autore del dramma originale, te lo specifico perché so bene che tu lo ignori. Il buon Sardou pare sia affatto scontento della riduzione del suo dramma, e sostiene che le care Illica e Giacosa abbiano avuto mano disgraziata nello sfrondare il parto del suo ingegno.

Non gli è bastato che ottemperassi a tutte le sue richieste, no. Inclusa quella di vedere morta a tutti i costi quella povera donna di Tosca, che avrebbe potuto invece continuare a cantare e a far del bene, da quel puttanone rifinito che è; che del resto, caro Ruggero, sarebbe bestia ben rara una cantante d'opera che non trovi diletto anche con l'organo a singola canna, come sappiamo bene tutti e due.

Già ho fatto tirar le cuoja a Mimì e Manon, e nei circoli mi si accusa nemmen troppo velatamente di portare merda. Ora codesto francese ha insistito nel far precipita-

re dai bastioni il povero puttanone, che già s'è vista crivellar sotto gli occhi bistrati l'amante; ebbene, l'ho accontentato. S'è accontentato lui? No!

Il buon Sardou trova che i personaggi sian pochi.

Certo che i personaggi son pochi. Già è difficile tener testa a nove cantanti, figuriamoci se dovessero essere ventitré come nel suo ipertrofico drammone. Se il mangiaranocchi continua a pretendere simili scempiaggini, mi toccherà togliergli lo sfilatino da sotto l'ascella e infilarglielo là dove la decenza mi impedisce di nominare, ma il ventitré di cui sopra può già ben essere valido indizio.

Le care Illica e Giacosa hanno già superato varie crisi uterine, tentando di metter d'accordo le mie esigenze con le sue e le loro, e se chiedessi loro di rimetter mano al libretto mi picchierebbero con l'ombrellino.

Ti prego di comprendermi se non posso quindi venirti incontro, e augurandoti ogni bene per la prima mi firmo

Tuo affettuosissimo,
Giacomo Puccini

È bello, vedere che i tenenti ridono esattamente come tutte le altre persone.

– Non sapevo che questa cosa fosse pratica così comune.

– Più di quanto si pensi. Rossini, ad esempio, lo faceva d'abitudine.

Con passo calmo e cauto, Ragazzoni e Pellerey procedevano nella pineta, la strada illuminata dalla lampada tremolante del tenente, chiacchierando come quei vecchi amici che non erano, ma che rischiavano di diventare.

– Vi sono addirittura varie versioni della stessa aria, adattate secondo le capacità vocali del cantante o, più spesso, della cantante –. Il Ragazzoni ridacchiò, con l'aria di chi approva. – Rossini lo faceva per motivi edonistici. Suoi, beninteso, non del pubblico. Più facile coricarsi con la cantante dopo che le hai rimodulato l'aria apposta.

– Sì, immagino che molti lo facciano – rispose asciutto il tenente, cercando di scacciare dalla mente l'immagine di Puccini che si smutandava di fronte ad una entusiasta Giustina, nuda e gorgheggiante d'orgoglio.

– Mai quanto Rossini. Ma doveva essere motivato. Era pigro, il nostro Gioacchino. Figuratevi che componeva a letto.

– Questo è noto – rispose il tenente, orgoglioso di poter sfoggiare un pochino anche lui. – So che di una aria esistono due versioni, perché quella quasi ultimata gli era scivolata sotto il letto, e lui essendo troppo pigro per alzarsi dalle coltri prese un foglio nuovo e ne scrisse una diversa da capo.

– Leggenda, leggenda. Chiacchiere e fole – smentì il Ragazzoni, con fare sicuro, ma scherzoso. – *Manca un foglio* è stata scritta da Pietro Romani. Ma è vero che pur di non fare fatica raccattava ovunque. Copiava persino da se stesso. La medesima ouverture dell'opera, in effetti, in origine era stata scritta per l'*Aureliano in Palmira* che era andata alla Scala tre anni prima. Gli piaceva talmente tanto, quell'ouverture, che la riutilizzò anche per *Elisabetta regina d'Inghilterra*. Ma se c'era qualcuno che gli faceva risparmiar fatica, che si facesse avanti. Anche la prima aria del conte di Almaviva, nel *Barbiere*, non è sua. La propose il primo interprete del ruolo, il tenore García, e Rossini la accettò. Del resto, anche García aveva un carattere di quelli orrendi. E una forza smisurata. Figuratevi che durante...

E qui, il Ragazzoni avrebbe voluto raccontare il meraviglioso aneddoto del García che, sul palcoscenico del Teatro Argentina, mentre cantava la serenata di cui sopra accompagnandosi da solo col mandolino, sommerso dai fischi e dagli ululati degli ultrà di Paisiello, per tentare di tacitare il pubblico dette un colpo di pollice troppo vigoroso, tanto da rompere le corde del mandolino stesso. Ma il Pellerey, cosa inaudita, lo interruppe:

– Secondo voi sono tutti così?

– Chi? I cantanti lirici?

– Fate voi. Egoisti, prepotenti, vanesi, irrazionali... Sinora mi sembra di non averne incontrato uno normale.

Il Ragazzoni ridacchiò di nuovo.

– Ci mancherebbe altro. I cantanti lirici non sono normali. I normali, caro tenente, sono quei tanti seduti in palcoscenico. I cantanti stanno rivolti dall'altra parte, e sono pochi. Ovvio che i tanti non li trovino normali. Il che significa simili a loro. Uno come il Balestrieri, irrazionale, anarchico e ateo, non può essere conforme a voi, razionale, monarchico e, presumo, fervente cattolico.

– Certo che sono cattolico – disse il tenente Pellerey, con tono lievemente teso.

Adesso sarebbe arrivata l'inevitabile battuta sul «ma non trova che il primo e il terzo aspetto siano in contrasto tra loro», o qualcosa del genere, sarebbe iniziata la discussione, e quel momento di pace e armonia sarebbe andato a ramengo.

– Credente convinto? – insisté il Ragazzoni. – Convinto dell'esistenza di un Dio buono e generoso, che ci considera tutti con amore?

– Non sono così stupido da credere di poter capire cosa possa pensare Dio di me, ma credo sinceramente che un Dio esista, e che ci tenga in qualche considerazione, altrimenti ci avrebbe già sterminati tutti quanti. Anche se a uno come voi può sembrare strano, sì, credo in Dio.

– Che fortuna – disse il Ragazzoni, con tono sincero.

Il tenente Pellerey voltò appena il capo, giusto quel tanto che bastava per capire che il Ragazzoni non stava scherzando.

– Io non riesco a credere in Dio, signor tenente – disse il Ragazzoni, con mesta serietà. – O meglio, credo che Dio sia un costrutto, una struttura mentale, creato dal nostro intelletto. Il mio stesso intelletto se ne rende conto, e non riesce a crederci.

– E non ne siete orgoglioso?

Insomma, quelli come voi la menano a sangue con l'importanza dell'intelletto, l'irrazionalità della religione, la superiorità della ragione sulla superstizione...

– Ma manco per nulla. È la peggiore delle mie disgrazie.

Il tenente, opportunamente, tacque.

– Voi sapete, signor tenente, come si impara a cantare? Come fanno i cantanti lirici a possedere delle voci così perfette e potenti da parere sovrannaturali?

Il tenente, sempre tacendo, scosse la testa.

– I cantanti sono in grado di controllare l'espansione del diaframma, e dell'apparato criptotiroideo. Tutte parti del corpo dotate di muscolatura involontaria. Il diaframma ci permette di respirare, se fosse un muscolo volontario per noi anche addormentarci sarebbe letale. Pur tuttavia, i cantanti riescono in qualche misura ad addomesticarlo. Sapete come fanno?

– No, proprio non lo so.

– Grazie all'immaginazione. Alcuni pensano di essere delle fontane che spruzzano acqua, altri pensano di respirare al contrario, cioè di inspirare al momento in cui emettono la voce, invece di espirare, come effettivamente succede. È quella che il García, il figlio del grande tenore, autore di un trattato tra i più popolari tra gli artisti, chiama «lotta interiore».

Il Ragazzoni, con aria seria, si accertò che il tenente stesse seguendo il suo ragionamento.

– Ce ne sono – continuò, visto che il tenente sembrava seguirlo – che per emettere gli acuti fingono uno sbadiglio: in questo modo l'apparato laringeo si modifica, allungando e mettendo in tensione le membrane vocali e dando loro la potenzialità di intonare toni acuti, come appunto in uno sbadiglio. Ci si immagina una causa per sortirne un effetto, anche se la causa è solo nella nostra testa. O meglio, pensiamo ad un effetto trasformandolo in causa. E così, confondendo causa ed effetto, riescono nell'intenzione di riprodurre l'effetto cui stanno pensando. Se tentassimo di addestrare il nostro diaframma ricorrendo alla ragione meccanica, non ci riusciremmo mai.

– O, forse, solo con più difficoltà.

Il Ragazzoni fece un suono simile a una piccola pernacchia.

– Andiamo, signor tenente. Quando camminate, cosa pensate? Adesso contraggo il gastrocnemio ed il soleo, indi metto in tensione il vasto mediale e poscia devo ricordarmi di estendere il bicipite femorale? Oppure muovete le gambe, e via?

Il tenente non rispose.

– Una fede sincera, irrazionale ma incrollabile, è un grande vantaggio – continuò il Ragazzoni, con il tono più serio che il tenente gli avesse mai sentito fino a quel momento. – Il credere in Dio, nella ricompensa ultraterrena, può farci vivere molto più tranquilli che non se fossimo convinti che quello che ci aspetta dopo la morte è il nulla, o l'inferno. Il rispettare i Dieci comandamenti perché si crede in Dio può sembrare una aberrazione per chi non crede, ma se tutti li rispettassimo il mondo sarebbe un posto parecchio migliore per vivere. E chi se ne frega del perché.

Il tenente esitò, prima di parlare.

– Forse, aver convinto la mente degli uomini della

sua esistenza potrebbe essere la prova che Dio esiste per davvero, non credete?

– Ma via, signor tenente! – rispose il Ragazzoni, ritrovando il tono garrulo di poco prima, come solo un vero bipolare sa fare. – Se fosse così, da essere perfetto qual è, dovrebbe aver convinto tutti. E con me, ahimè, ha mancato il bersaglio. Invece, con voi, ci è riuscito in modo egregio. Ha instillato la sostanza, senza confondervi le idee con la superstizione.

– Ne siete così sicuro?

– Certo. Mi sapreste dire qual è il santo del ventinove di febbraio?

– Ecco, così su due piedi non saprei.

– Vedete? Un vero bigotto lo saprebbe. Voi invece lo ignorate.

– Andiamo, Ragazzoni. Chi volete che lo sappia, a parte un prete?

Il Ragazzoni trasse un lungo sospiro affranto.

– Eh, i preti. Non ce n'è mai uno quando servirebbe.

– Perché, adesso vi servirebbe un prete?

– Non solo adesso – precisò il Ragazzoni, tendendo la mano verso il fiume Morto, che si indovinava tra il buio e i rami. – Ma sì, visto quello che sto per mostrarvi, forse ora non sarebbe inopportuno averne uno sottomano. Appena arrivati alla fine della pineta, dovremo svoltare a destra.

– Bene, allora...

– Alto là, signor tenente Gianfilippo Pellerey. Prima dovete darmi la vostra parola d'onore che mi aiuterete a salvar la pelle domani.

– La mia parola d'onore? Voi date importanza a queste cose così formali?

– Io no – rispose Ragazzoni. – Ma voi sì.

– Scusate, non potete rifiutarvi di partecipare al duello? Non mi sembrate il genere di persona che dà molta importanza al codice cavalleresco. Anzi, avete appena ammesso che non lo siete.

– Ahimè, avete pienamente ragione. Se fosse stato per me, vi avrei lasciato tutti e due sui bastioni, domani, da veri maschi alfa, a decidere a pistolettate in merito alla vostra competenza. Ma ho ricevuto un telegramma piuttosto chiaro dalla direzione del giornale. Se non mi presento al duello e non faccio valere le mie ragioni calibro nove, posso considerarmi licenziato.

– Mi sorprende – rispose il tenente, scuotendo il capo. – Ho conosciuto il vostro direttore, una volta. So che è uno stimato esperto di diritto, e lo so da sempre persona contraria ai duelli.

– Sì, anch'io – riconobbe il Ragazzoni, con una certa amarezza. – Temo che sia una piccola vendetta per come mi sono comportato in questi giorni. In particolare, per aver preso in giro il mio stesso giornale sulle colonne del medesimo foglio. Il direttore Frassati è un brav'uomo, e in fondo me lo merito. Ho esagerato un po'.

– Be', devo riconoscere che avete del coraggio, a scrivere ciò che pensate in questo modo sì schietto.

– Vi ringrazio. Purtroppo, signor tenente, il coraggio che ho quando scrivo mi manca quando vivo. E adesso, per una bravata, rischio la pelle.

Il tenente Pellerey, con calma da meditatore, accarezzò la canna del suo moschetto.

– Su questo posso rassicurarvi. Da me, non avete nulla da temere.

– Da voi, no. Ma come la mettiamo col caro maestro Corradini?

– Credo di avere la soluzione – disse il tenente, con calma. – Non posso assicurarvi nulla, posso solo dire che se farete come dico io avete ottime probabilità di portare a casa la pelle.

– Ah, ciò mi rincuora notevolmente. Quindi, accettate il piccolo patto che vi ho proposto?

– Non potrei fare altrimenti.

– E cosa dovrei fare, allora?

– È molto semplice. Vi dirò esattamente cosa fare.

– Signor tenente, io non ho mai preso in mano una pistola in vita mia.

– Giustappunto su quello dobbiamo contare. Fidatevi. A destra, avete detto?

Undici

Quello che ebbe luogo ai Bastioni San Gallo il giorno tre di giugno del millenovecentouno fu di gran lunga il duello meno regolare della storia del codice cavalleresco italiano.

Tale prezioso codice, redatto nel 1892 dal colonnello Jacopo Gelli, elenca tutte le regole che il vero gentiluomo dovrebbe seguire se, in seguito a un'offesa ricevuta, ritiene necessario salvaguardare il proprio onore mediante traforatura dell'offensore. Abbiamo detto «dovrebbe», e questo condizionale è d'obbligo per due motivi.

In primo luogo, perché secondo il Gelli il vero gentiluomo era colui che riusciva sempre a comporre la disputa senza dover ricorrere alle armi: è curioso infatti che lo stesso Gelli, lo stesso uomo che aveva dato alle stampe il codice con una utilissima appendice di consigli al duellante (ivi incluse le istruzioni su come amministrare l'eventuale colpo di grazia), fosse a capo della Commissione internazionale per l'abolizione del duello medesimo.

In secondo luogo, perché non sempre i preziosi precetti del Gelli venivano seguiti alla lettera. E, in questo caso, meno che mai.

Innanzitutto, i duellanti schierati erano tre.

E questo era, sia pur implicitamente, incoerente con le regole del fondamentale volumetto, nel quale si parlava sempre e solo di due contendenti.

I tre, schierati ai vertici di un triangolo dal lato di dodici metri ovverosia sedici passi, erano Ernesto Ragazzoni (nord), Pierluigi Corradini (sud-ovest) e Gianfilippo Pellerey (sud-est), come elencati dai testimoni in ordine di tiro. Era stato infatti stabilito che per primo sarebbe toccato tirare al Ragazzoni, per secondo al Corradini e infine, per ultimo, al tenente Pellerey.

Tale ordine degli sparatori era, anch'esso, in aperta contraddizione con i precetti del codice, il quale asseriva che tutti i vantaggi toccavano a colui che era stato offeso, incluso quello di tirare per primo. L'ordine era stato deciso dai testimoni in base ai ruoli implicitamente ricoperti dai contendenti: non sarebbe stato onorevole per il tenente Pellerey, militare di carriera, prendere di mira un ex militare cacciato dall'esercito e un giornalista che, pur se avesse mirato correttamente, avrebbe prima dovuto scegliere a quale sparare, dei due tenenti Pellerey che vedeva.

I testimoni stessi, ovvero i sottotenenti Cornacchione, Fresche e Fassina, non avrebbero mai dovuto essere chiamati in causa, in quanto sottoposti di uno dei duellanti: la loro nomina era stata accettata dal maestro Corradini poiché avevano scelto condizioni pesantemente sfavorevoli per il loro superiore.

Dopo che ebbero letto le condizioni dello scontro, e consegnate le pistole, uguali per tutti (unico punto in cui, forse, il codice era stato rispettato), i testimoni si fecero da parte, e il sottotenente Cornacchione disse, con voce meno solenne di quanto avrebbe voluto:

– A voi.

Il Ragazzoni, senza nemmeno tentare di simulare l'impaccio, stese la destra verso l'alto, prima di abbassarla verso il bersaglio prescelto.

E il maestro Corradini sorrise.

Sorrise, perché sapeva che il bersaglio non era lui.

In un duello del genere, sopravvivere era tutta questione di probabilità – così aveva ragionato il maestro Corradini. Da quella distanza il Corradini non sbagliava quasi mai, e il tenente Pellerey non sbagliava mai. Mentre il Ragazzoni, che non aveva mai sparato, da sedici passi non aveva speranza di cogliere nemmeno un'autocisterna.

C'erano quindi due possibilità:

a) Se il Ragazzoni avesse sparato al Corradini, e lo avesse preso, il Ragazzoni stesso era un uomo morto. Con il maestro impossibilitato a sparare, sarebbe toccato al tenente. E il tenente aveva un solo bersaglio, scelta obbligata, ed era infallibile.

b) Se il Ragazzoni avesse sparato al tenente, e lo avesse preso, gli sarebbe toccato di fronteggiare lo stesso Corradini. Quasi infallibile, ma non infallibile.

Una morte presunta è da preferirsi ad una certa. Per cui, al Ragazzoni conveniva di gran lunga mirare al tenente Pellerey.

Tutto questo, se il Ragazzoni avesse colto qualcuno. Cosa del cui contrario il maestro era certo. Figuriamoci. Lui sparerà al tenente, e lo mancherà. A quel punto toccherà a me. Io sparerò al tenente, e lo prenderò, oh sì se lo prenderò.

E allora rimarremo solo in due. Due duellanti, un offeso e un offensore. E a quel punto farò presenti le mie prerogative.

Questo è un duello a due, farò presente.

Sono stato io ad essere offeso, sono io che devo tirare per primo.

Di nuovo, mi toccherà il primo colpo. E io non sbaglio quasi mai.

Tutto logico, preciso e concatenato in una sequenza di eventi che si sarebbe realizzata non appena il Ragazzoni avesse abbassato il braccio e fatto fuoco.

Ma il Ragazzoni sembrava esitare.

Anzi, dopo aver atteso qualche secondo, alzò la voce e disse:

– Signor Corradini?

Alquanto sorpreso, il maestro d'armi ci mise qualche secondo prima di rispondere:

– Dite a me?

– Sì, signor Corradini. Avrei bisogno di chiedervi una cosa.

– Volete riconoscere di avermi offeso e ritirarvi dal duello? – E il Corradini, suo malgrado, sbuffò. – Siete sempre in tempo, signor Ragazzoni. Basta che ritiriate la parola data di fronte ai testimoni.

– No no, niente affatto. Non voglio ritirarmi, anzi, sono intenzionato a sparare a voi per prima cosa.

Silenzio, se si eccettua qualche sporadico uccellino

che commentò le parole del giornalista con un allegro quanto inopportuno cinguettìo.

– Solo, non ho mai preso in mano una pistola in vita mia. Vorreste, per cortesia... – continuò il Ragazzoni, con l'aria più concentrata del mondo, mentre puntava la pistola verso il maestro d'armi – ... essere così gentile da dirmi se sto prendendo la mira correttamente, o se vedete qualche errore nella mia postura?

– Io?

– Certo, voi. Siete o non siete un maestro d'armi?

La postura del Ragazzoni era una delle cose più comiche che il maestro d'armi avesse mai visto. Sbagliata la posizione dei piedi, sbagliata la direzione del braccio rispetto al corpo, sbagliata l'inclinazione della testa...

In quel colpo era sbagliato tutto. Incluso, doppiamente, il bersaglio da colpire. Ovvero, il Corradini. Il quale, dopo un paio di secondi, com'era prevedibile si incazzò.

– Andate al diavolo! Qui non si parla, qui si spara!

– Lo prendo per un sì – disse il Ragazzoni, e fece fuoco.

Non ci chieda il lettore dove, esattamente, andò a finire la palla espulsa dalla pistola del Ragazzoni; di sicuro, come sperava il Ragazzoni, non all'interno del Corradini. Il quale, una volta diradatasi la nuvola di fumo, apparve intatto, eretto e apparentemente fermo nella sua posizione.

In realtà, la fermezza di cui parliamo era andata a farsi benedire due volte.

Primo, perché il Corradini per qualche attimo fu preso dalla tentazione di sparare al Ragazzoni; gesto che sarebbe stato sbagliatissimo da un punto di vista tattico, visto che il vero avversario, come chiaramente dimostrato nell'ultimo minuto del corso degli eventi, era il tenente. Sarebbe stato da scemi abbattere il poeta e trovarsi quindi a fare da bersaglio a un tenente dei Corazzieri.

Secondo, perché il Corradini si era incavolato, e anche se era riuscito a tenere a bada il proprio cervello, lo stesso non si poteva dire del corpo.

Per sparare a un qualsiasi bersaglio con la pistola, la prima cosa da fare è stare fermi. Qualsiasi movimento interno, incluso il battito del cuore, è in grado di spostare il braccio di quel mezzo millimetro che basta a far mancare l'obiettivo. Per questo i tiratori professionisti, per sparare, attendono l'intervallo tra due battiti cardiaci.

Se uno è incazzato come un muflone, non è facile.

Al momento stesso in cui puntava l'arma in direzione del tenente, il Corradini si rese conto che il braccio gli tremava dalla rabbia.

E se ne rese conto anche il suo bersaglio.

Il tenente Pellerey, da vero militare, conosceva gli uomini, come s'è già detto. E di ogni singolo capiva in quali circostanze poteva rendere al meglio, e in quali no.

Il maestro d'armi era un iracondo, si ripeté il tenente, tentando di sovrastare il rumore del proprio cuore che gli batteva nelle orecchie.

Un tipo d'uomo che nessuno avrebbe mai voluto nel proprio plotone.

Perché gli iracondi quando perdono il controllo non sai mai cosa aspettarti.

Eh sì, la frase in questione è sbagliata da un punto di vista grammaticale: succede, con una pistola puntata addosso.

Poi, tra un battito e l'altro del muscolo cardiaco del tenente, un boato riempì l'aria per la seconda volta.

E, prima ancora che si diradasse il fumo che usciva dalla culatta, il maestro Corradini vide chiaramente quello che temeva.

Il tenente Pellerey in piedi, in perfetta posizione di tiro, la pistola puntata contro di lui.

Troppo lontano dal tenente, il maestro d'armi, per vedere le gocce di sudore che ne avevano improvvisamente imperlato la fronte; ma non così lontano da poter essere mancato.

Ci fu un terzo boato, e il maestro Corradini cadde in terra.

– Mi dichiaro completamente soddisfatto – disse il tenente Pellerey, a voce molto alta per superare in volume le bestemmie del maestro Corradini, il quale si stava rotolando per terra con le mani strette sul ginocchio sinistro degli elegantissimi pantaloni di vigogna, irrimediabilmente rovinati, oltre che dal foro, da una brutta macchia scura che si andava allargando.

Dodici

– Ma non si poteva fare in platea?

Il maestro Corradini, a furia di stampellare, riuscì a raggiungere il proprio posto sulla seggiola che gli era stata assegnata, esattamente all'estrema destra del palcoscenico, come la volta precedente.

L'unica differenza rispetto alla volta precedente era che c'erano due sedie in più. In una, al centro, accanto al marito, sedeva con aria altera la soprano Giustina Tedesco, la mano tra le mani del marito e la testa visibilmente altrove.

Nell'altra, all'estrema destra, accanto al maestro Corradini, sedeva l'altissimo Proietti, il quale invece si guardava intorno chiaramente intimidito.

– Sono spiacente, signor Corradini, a nome di tutto il reggimento delle Guardie Reali, per la sofferenza che vi stiamo arrecando – disse il capitano Dalmasso, con cortesia sabauda apparentemente inconsapevole del doppio senso. – Abbiamo scelto di riunirvi sul palcoscenico per potervi tenere meglio sott'occhio. Di fughe inopinate nel corso di questa indagine ce ne sono state sin troppe.

Il numero delle sedie non era, a ben vedere, l'unica cosa che era cambiata: adesso, di fronte alla compagnia, stava il capitano Ulrico Dalmasso, e non più il tenente Pellerey.

– Direi. È riuscito a fuggire anche un cadavere – commentò il Corradini, al quale evidentemente la pallottola sotto la rotula ricevuta il giorno prima non aveva poi recato nessun danno alla lingua.

– Lo abbiamo ritrovato – informò asciutto il capitano.

Il maestro d'armi fece un piccolo, silenzioso applauso.

– Bravi. Mi compiaccio. L'ho sempre detto io, i carabinieri sono il corpo più affidabile di tutta Italia.

– Non lo avremmo ritrovato – proseguì il capitano – senza il valido aiuto del qui presente signor Ernesto Ragazzoni, il quale ci ha segnalato il punto preciso in cui cercare il corpo.

Per la prima volta in vita sua, il Ragazzoni si trovò su un palcoscenico con tutti gli occhi puntati verso di lui. Anche se sobrio, la cosa non sembrava turbarlo più che tanto.

– Nei giorni precedenti la recita, avevo fatto amicizia con alcuni cavatori di Carrara. Voi forse li conoscete, signora Tedesco: sono quei signori con cui progettavate di mettere a ferro e fuoco il teatro.

– Già, già. Sarebbe un reato anche quello, ma chissà perché nessuno si disturba a...

– Signor Corradini, fate silenzio – chiese il capitano Dalmasso con la voce calma e tranquilla di chi fa notare che non si interrompe una persona mentre sta parlando.

– Io volevo solo far notare che qui è presente una persona che ha commesso un grave reato...

Il capitano Dalmasso si voltò, con la flemma composta di quello a cui cominciano a girare le palle sul serio.

– Signor Corradini, anche voi avete commesso un grave reato. Ne dovreste essere consapevole.

Il Corradini guardò il capitano con le pupille strette.

– Voi intendete accusarmi forse...

– Ne stiamo giusto appunto parlando. Tacete e andremo avanti. Vi prego, signor Ragazzoni.

– Vi ringrazio. Dunque, questi signori erano soliti andare a pescare di frodo nella tenuta del Gombo, e nei vari fiumiciattoli che ad essa portano. Mi avevano detto, in particolare, che il fiume Morto era parecchio pescoso. È un torrentello irto di canneti, che sfocia al mare poco a sud della foce del Serchio, proprio al limitare della pineta –. Il giornalista si schiarì la gola. – Mi è venuto in mente che, dal volantino, si evinceva come questi signori avessero dato la libertà al Balestrieri...

– Perdonatemi, signor Ragazzoni – disse il capitano Dalmasso, con serietà. – Non saltate a conclusioni definitive, presumendo che siano stati gli stessi agitatori a sbarazzarsi del cadavere. Non abbiamo prove in merito.

– Ma via, signor capitano – protestò il maestro Malpassi, con la sua involontaria lisca fra i denti. – Non è ovvio?

– No, signor Malpassi. Non è ovvio, appare ovvio. È proprio non fermandoci a ciò che appariva ovvio, che abbiamo potuto risolvere il caso. Continuate, vi prego, Ragazzoni.

– Va bene. Chiunque sia stato, dal volantino si capiva che aveva reso libertà al corpo nello stesso modo in cui si vocifera che i secondini si siano sbarazzati del cadavere di Bresci, ovvero facendolo portar via dal mare. Ma non è semplice arrivare al mare da Pisa, senza un mezzo di trasporto e con un cadavere sotto braccio. Più semplice assai trasportarlo fino al fiume Morto, e abbandonarlo al suo destino.

Il Ragazzoni sospirò.

– Possibile che il corpo arrivasse sino al mare, certo. Ma possibile anche che si impigliasse in un canneto, uno dei tanti che ho visto essere distribuiti lungo il corso d'acqua. E così, ieri notte, mi son messo a cercare, armato di pazienza e di una lunga canna. *Rectificando invenies*. Comportandoti in modo retto, troverai. Io l'ho presa un po' più alla lettera. Ho usato una cosa diritta, ho cercato, e ho trovato.

– E allora? C'era scritto sopra il nome dell'assassino?

– Sì, signor Cantalamessa. Esattamente. Bastava saper leggere.

Il capitano mosse qualche passo sulle tavole del palcoscenico, che cigolarono penosamente sotto gli stivali.

– Ultimamente, la scienza balistica ha fatto passi da gigante, signori – disse il capitano, fermandosi, e causando un silenzio che in quel teatro non si era mai sentito. – È possibile, conoscendo il modello del fucile che ha sparato e il proiettile in canna, ricostruire la traiettoria del colpo sin nei minimi dettagli. Grazie alla conoscenza della posizione della vittima, e grazie alla peculiare disposizione del plotone, è possibile risalire all'arma che ha sparato, facendo il percorso all'inverso.

Il capitano Dalmasso fece scorrere lo sguardo sui quattro del plotone.

– Come sapete, sul palcoscenico vi erano quattro persone armate di fucile. Voi, signor Corradini, voi, signor Cantalamessa, voi, signor Parenti... – il capitano prese una pausa – ... e voi, signor Proietti.

– Tutti voi avete mentito su qualcosa, signori – disse il capitano dopo qualche secondo di assurdo silenzio. – Voi, signor Corradini, dicendo di aver tenuto sempre sott'occhio i fucili. Voi, signor Cantalamessa, omettendo di essere coniugato con Giustina Tedesco. Voi, signor Parenti, sostenendo di non sapere che il tenore Balestrieri era causa delle vostre disgrazie. E voi, signor Proietti.

Lui? Il signor Proietti?

– Voi avete detto al tenente Pellerey di essere allievo interno della classe di scienze della Scuola Normale.

– È così – raschiò il giovanottone.

– Mi sapete dire allora per quale motivo non c'è nessun Proietti Antonio iscritto al corso ordinario della Normale?

– Perché...

– Perché voi non vi chiamate Antonio Proietti. Voi vi chiamate Augusto Rossi.

Il ragazzone trasse un sospiro lungo come il suo femore.

– Rossi?

Il capitano, annuendo lentamente, trasse di tasca una lettera debolmente ingiallita.

– Rossi. Rossi, guarda il caso, come l'impresario che venne rovinato dalla bella pensata di Ruggero Balestrieri. Paolo Rossi, che aveva tre figli, di cui due gemelli. E voi vi chiamate Augusto Rossi, come uno dei figli di Paolo Rossi.

– Ma io non...

– Dunque, voi state dicendo...

– Sto dicendo che era nel giusto chi pensava che la motivazione dell'assassinio andasse ricercata nella serata disgraziata di cinque anni fa, nella quale andarono distrutte la reputazione di Teseo Parenti e l'impresa di Paolo Rossi. Ma non è stato Teseo Parenti a cercare vendetta, è stato uno dei figli di Paolo Rossi.

– Ma io non so chi sia, questo Paolo Rossi!

– Mascalzone, disgraziato, farabutto – cominciò il Corradini alzandosi, e rimettendosi a sedere un secondo dopo, un po' il dolore reale della gamba, un po' il dolore ipotetico che gli avrebbe potuto procurare il moschetto del sottotenente Moretti, che era scattato forse con un po' troppa solerzia.

– Voi dunque negate di essere Augusto Rossi, nato a Pesaro il ventinove febbraio milleottocentottanta?

– Certo che lo nego! Io sono nato il tre di ottobre!

Il Corradini, e insieme tutti gli altri, voltarono la testa verso il capitano Dalmasso, il quale lentamente annuiva, mentre il Proietti, scoperto essere un Rossi, decideva di abbandonare l'incognito in tutti i sensi e diventava rosso per la rabbia.

– E fra l'altro – proseguì, vedendo che il capitano lo incoraggiava a continuare – sono nato ad Ascoli, non a Pesaro.

– Esatto – sorrise il capitano Dalmasso. – Augusto Michele Placido Rossi, nato ad Ascoli Piceno il tre ottobre milleottocentottanta. Abbiamo preso informazioni, signor Rossi, state tranquillo. Perdonatemi questo piccolo intermezzo teatrale, che aveva il solo scopo di ricordarvi che non è mai da furbi mentire alle forze dell'ordine.

Il Bentrovati si voltò verso il ragazzo.

– Ma, scusate, perché diamine...

– Perché avrebbe mentito riguardo alle proprie generalità? Lo spiego io, signor Rossi, o lo spiegate voi?

Il Rossi si guardò intorno, e poi si rivolse alle punte delle proprie scarpe.

– La disciplina del collegio è rigida – cominciò, timidamente. – Si ha diritto ad alloggio e vitto, e gli studi sono gratuiti, ma bisogna osservare le regole. Quando si entra, non si è ancora maggiorenni, e allora il direttore del collegio firma per farsi affidare la patria potestà –. Il Proietti/Rossi deglutì. – Io compirò ventuno anni a ottobre, ma fino ad allora per qualsiasi attività o lavoro che può consentirmi di mandare dei soldi a casa devo chiedere il suo consenso. Per questo lavoro non l'avevo chiesto.

– Ma perché?

– Perché era un lavoro in teatro, e il direttore non me l'avrebbe mai concesso. Mi avrebbe obbligato a tornare in collegio dopo l'orario di chiusura, o a passare la notte fuori con l'assenso del direttore, cosa che sarebbe stata impossibile. E io adesso verrò espulso dal collegio, e addio laurea.

Ci fu qualche ulteriore momento di silenzio, lungo il quale, è crudele dirlo, ben pochi pensarono al triste destino che aspettava Augusto Rossi. Poi, si sentì un colpetto di tosse, e il maestro Malpassi alzò una mano.

– Ma allora, non è stato lui?

– No che non è stato lui – rispose il Corradini, apparentemente deluso. – Né io, lo so per certo. Ma qualcuno deve aver sparato per forza. Adesso, dopo aver fatto il vostro bel colpo di teatro, per caso sapete chi di noi ha sparato?

– Lo sapete anche voi, signor Corradini – rispose calmo il capitano Dalmasso.

Stavolta, oltre al Corradini, sbiancò anche il Malpassi.

– Nel rapporto del tenente Pellerey, era annotato che a domanda sul fatto se voi aveste percepito qualcosa di strano al momento dell'esecuzione, il tenente era convinto che voi aveste effettivamente notato qualcosa di peculiare, ma che non foste intenzionato a dircelo.

– E voi credete ancora al vostro tenente, dopo tutti i casini che vi ha stampato, e dopo averlo sollevato dall'incarico?

– Io non ho sollevato nessuno dal suo incarico, signor Corradini. Ho chiesto io al tenente Pellerey di non essere presente, per motivi che non vi riguardano. Ma sappiate che è stato il tenente a mettere insieme gli elementi che hanno contribuito a concludere.

– Concludere? Qui mi sembra che non si sia concluso un bel nulla, capitano. Che cosa avrei notato, di tanto strano?

– Una cosa semplice, ma che solo un uomo di grande esperienza militare poteva notare. Voi avete notato che, dei quattro fucili in dotazione, nessuno dei quattro ha sparato in modo diverso dagli altri.

Tutto il teatro si voltò verso il maestro Corradini. Il quale era come ipnotizzato.

– Pierluigi...

– Sì.

– Pierluigi, di cosa sta parlando questo tizio?

Con aria rassegnata, il Corradini si voltò verso il capitano.

– Quando si spara a salve, Teseo, l'arma ha un certo rinculo, prevalentemente all'indietro, a causa dell'esplosione della cartuccia. Ve l'ho spiegato, qualche giorno avanti, pregandovi di non farvi male. Ma quando il proiettile contiene il proietto, o la palla come si dice in gergo, il fucile è attraversato dalla palla, e si comporta in modo diverso. Oltre ad andare all'indietro fa un piccolo movimento rotatorio, sventagliando verso l'alto, a causa delle differenti leve in gioco.

– E tu non hai visto questo sventagliamento? – chiese il Parenti.

Il maestro d'armi tacque, guardando in terra.

– No, non l'ha visto, signor Parenti – confermò il capitano. – Per questo dicevo che il signor Corradini sapeva chi dei quattro componenti del plotone aveva sparato: nessuno. Nessuno del plotone ha esploso il colpo che ha ucciso Ruggero Balestrieri, e lui ne era a conoscenza.

– E voi come diavolo avete fatto a capirlo? – chiese il Cantalamessa.

– Perché il colpo che ha ucciso Ruggero Balestrieri è stato sparato a bruciapelo.

– Il cadavere presentava un'unica ferita, quella letale – continuò il capitano Dalmasso in un silenzio rotto solo dal volo delle mosche, che non capiscono mai quando è il momento di star ferme. – E questa ferita è stata inferta da una pistola, non da un fucile, appoggiata direttamente sulla camicia del Balestrieri.

– Non capisco. Non avete trovato il bossolo esploso, fra quelli in palcoscenico? Uno che aveva contenuto la palla fra quelli a salve?

– I miei uomini hanno ricevuto l'ordine di cercare quattro bossoli, uno autentico e tre a salve. Trovando il quarto bossolo, si sono fermati. Ma se qualcuno avesse lasciato cadere a terra un bossolo autentico, intendo un vero bossolo di fucile '91 già esploso, in un punto ben visibile, sarebbe stato il primo o magari il secondo ad essere ritrovato. E arrivati a quattro bossoli, chi raccoglieva si è fermato. Non c'era bisogno di cercare un quinto bossolo a salve, visto che non credevamo esistesse.

Tutti gli sguardi si voltarono verso Giustina Tedesco. La quale, contrariamente al solito, reagì restando in silenzio.

– Al momento in cui la signora Tedesco, come Tosca, si è chinata sul tenore, egli era ancora vivo. La signora Tedesco, come ci ha spiegato, ha urlato per seguire il piano che si erano prefissati lei e il tenore, insieme forse ad altri complici. Il colpo mortale è stato inferto dopo, e a bruciapelo, come vi dicevo.

– E come mai nessuno...

– E come mai nessuno ha sentito il colpo? Domanda sensata, signor Cantalamessa. Perché esattamente al momento in cui veniva esploso il colpo di pistola, qualcuno ha azionato il cannone di scena. Qualcuno, evidentemente, d'accordo con la signora Tedesco. Che so, uno dei due tecnici di scena, come Bonazzi o Pomponazzi. Che ne pensate, signora Cantalamessa?

– Voi siete pazzo – disse, con voce tutt'altro che lirica, la signora Giustina Tedesco in Cantalamessa.

Il capitano Dalmasso si voltò, come se la donna lo avesse chiamato per nome.

– Signora Cantalamessa, voi siete l'unica persona che ha avuto la possibilità di avvicinarsi al Balestrieri dopo la fucilazione prima che arrivasse il tenente Pellerey.

– Voi siete pazzo – ribadì la ragazza, guardandosi intorno, mentre accanto a lei il marito continuava a tenerle la mano, ma senza più stringerla. – Avete visto in che modo è caduto Ruggero? Ha sbattuto addirittura il muso sul ginocchio, dall'impatto del proiettile.

– Debbo contraddirvi, signora. La caduta è stata innaturale, e impressionante, ma non è stata causata dal proiettile. Per vostra stessa ammissione, voi volevate fomentare una rivolta fingendo che Balestrieri fosse stato fucilato per davvero, giusto? Ma non avevate certo intenzione di ucciderlo. Almeno, non in un primo momento. Era necessario però che la sua caduta sembrasse quella di un uomo colpito da un proiettile a meno di dieci metri. Nessuno può fingere in un modo così convincente.

Il capitano Dalmasso si guardò intorno, per accertarsi che tutti lo stessero seguendo.

– Nessuno, a meno che non riceva un qualche ausilio dall'esterno. Come un piccolo cavetto allacciato all'asola dei pantaloni, sul retro del costume, e tenuto da un bottone a pressione. Un cavo che, tirato con vigore grazie a un adeguato meccanismo, avrebbe impresso al bacino del tenore una improvvisa e inspiegabile forza all'indietro, staccandosi nello stesso momento in cui veniva tirato, grazie alla precisa calibrazione del meccanismo di allacciatura. Un vero e proprio esempio di maestria tecnica. Se non fosse stato usato a scopi criminosi, sarei tentato di fare i miei complimenti ai signori Bonazzi e Pomponazzi. Sono anarchici, ma sono dei tecnici di scena eccellenti.

– I migliori – assentì il direttore Bentrovati, così, giusto per vedere se la glottide gli funzionava ancora.

– Ma cosa cazzo sta dicendo? – chiese Bartolomeo Cantalamessa voltandosi in direzione del direttore, coerentemente col vocabolario, ma non con l'educazione. – I migliori? I migliori? E voi, come vi permettete di accusare mia moglie di omicidio?

Il capitano Dalmasso, che insieme al Ragazzoni sembrava l'unico sul palcoscenico in grado di mantenere la calma, estrasse un foglio dal taschino.

– Col vostro permesso, signor Cantalamessa, ho qui una dichiarazione firmata dei signori Romolo Bonazzi e Remo Pomponazzi, i quali confermano di aver costruito, collaudato e messo in atto la sera della prima il meccanismo sopradetto.

L'impresario tese una mano verso il foglio. Foglio che però non poté essere esaminato dall'impresario, in quanto sua moglie lo strappò di mano al capitano con violenza.

– Ma quale foglio! Ma quale dichiarazione! Vi rendete conto che io sono entrata in quel camerino maledetto convinta di trovare Ruggero vivo, e me lo sono visto davanti morto?

Ruggero?

Il Cantalamessa guardò la mano nella quale, fino a pochi secondi prima, era posata quella della moglie, e se la mise in tasca, come se se ne vergognasse.

– Vi siete dimenticato che vi sono svenuta davanti, pezzo di cretino? – continuava intanto la ragazza, ignara. – Avete appena detto che non esiste persona che può recitare così bene da fingere un mancamento, e allora io cosa avrei fatto, secondo voi?

– Signora, voi siete un'ottima attrice, ma non così brava da poter fingere uno svenimento di fronte a più persone.

– Ah, ecco.

– Credo semplicemente che abbiate fatto la stessa cosa che un giovane smidollato allievo ufficiale mio compagno di accademia soleva fare, quando voleva evitare le marce nei giorni troppo caldi. D'improvviso, nel corso dell'adunata, il poveraccio si portava una mano al collo, cambiava colore e, dopo un paio di secondi, crollava a terra, svenuto –. Il capitano Dalmasso fece un gesto con la mano, come a rimembrare i bei tempi in cui studiava per rischiare la vita in battaglia. – Vedete, il padre di questo ragazzo era medico, e lui stesso aveva qualche nozione di fisiologia. Portando la mano alla gola, mi spiegò un giorno, basta esercitare una decisa pressione col dito indice sulla carotide per bloccare l'afflusso di sangue quel tanto che basta a provocare uno svenimento assolutamente autentico, ma anche assolutamente volontario.

– No... Io, quando Ruggero...

Bartolomeo Cantalamessa si girò verso la moglie, con uno sguardo che sarebbe stato più adatto per la suocera.

– Era questo che volevi dire, quando mi spiegavi che sapevi svenire a comando?

– Bravo! Tradiscimi anche te! Tradiscimi anche te, come mi hanno tradito tutti! Te, e quell'enorme figlio di puttana di cui mi schifo anche di dire il nome.

E, senza aggiungere altro, nascose la faccia tra le braccia, e iniziò a piangere. Cantalamessa, di fronte alla controaccusa, fece come tutti gli uomini innamorati quando la moglie li assale, e tentò una ridicola retromarcia:

– Ma Giustina, io devo capire...

La donna tirò su il viso rigato di rimmel. Più che Tosca, in quel momento sembrava Joker.

– Devi capire cosa? Cosa c'è ancora da capire, cretino?

Poi, voltandosi ad abbracciare con lo sguardo colato tutta la compagnia, chiarì una volta per tutte:

– Sì, l'ho ammazzato io. Va bene? L'ho ammazzato io, e ne vado orgogliosa.

Poche ore dopo

– Allora, possiamo cominciare con questa intervista?

Il tenente Pellerey, dopo aver guardato il capitano Dalmasso ed averne ricevuto un cenno d'assenso, si appoggiò sulla sedia. Il Ragazzoni, dato un robusto sorso al secondo caffè doppio della mattinata, voltò pagina sul suo quadernetto e rimase in attesa, con la matita a punta all'insù.

Il garzone del Caffè dell'Ussero, posati sul tavolino altri due caffè, rimase in piedi, in attesa di una mancia. Il capitano Dalmasso lo congedò con due lire e un'occhiataccia.

– Prima di cominciare, devo chiedervi un favore – disse il tenente Pellerey. – Nel vostro articolo, voi parlerete esclusivamente delle Guardie Reali. Nessun nome esplicito verrà fatto come esclusivo o principale responsabile dell'investigazione.

Il Ragazzoni rimase con la matita a mezz'aria.

– Non vi capisco – disse.

– Il nostro scopo è la sicurezza del Re e del suo popolo, non la nostra vanagloria – chiarì, in contrappunto, il capitano Dalmasso. – Un carabiniere aspira a vedere il suo nome sui giornali in caratteri cubitali solo quando cade nell'esercizio del dovere.

– Continuo a non capirvi, ma incomincio a rispettarvi. Dunque, è stato accertato senza ombra di dubbio che è stata Giustina Tedesco a uccidere Ruggero Balestrieri?

– Senza il minimo dubbio – rispose il tenente. – La signora ha reso piena confessione, ma questo non può e non deve bastare. La signora era l'unica persona che avesse la possibilità di sparare con l'arma a contatto con il Balestrieri nel lasso di tempo in cui l'atto è stato compiuto. Tutte le testimonianze concordano.

– Giustina Tedesco. In realtà, questo è un nome d'arte. Quando avete iniziato a sospettare la verità?

Quando ho iniziato a ragionarci, vorrai dire.

Quando ho visto la ferita, quel foro scuro circondato da un arcipelago di macchie brunastre, e ho capito che era stata fatta da una pistola appoggiata direttamente sul petto.

– Vedete, qualche giorno fa, mentre interrogavo il Parenti, mi sono trovato a riflettere sui modi strani che adotta la gente per battezzare i figli. C'è gente che dà il nome del nonno, chi dà i nomi dei padrini...

Il Ragazzoni, scrivendo, annuì.

– C'è gente che fa anche di peggio.

– Vero. C'è gente che dà al figlio il nome del santo che si festeggia sul calendario, il giorno della nascita. Come l'impresario Paolo Rossi.

– Paolo Rossi? Sarebbe...

– Sarebbe l'impresario che aveva sotto contratto Teseo Parenti, levate quella mano di tasca, e Ruggero Balestrieri, e che aveva tentato di risollevarsi da un brutto momento finanziario organizzando un *Don Giovan-*

ni di altissima qualità, ma che fu bersagliato dagli scherzi idioti di Ruggero Balestrieri. Scherzi che costarono al Parenti la nomea di jettatore, e al Rossi l'impresa, la borsa e la vita.

– Mi ricordo. Il poveretto, rovinato, pose fine ai suoi giorni poco dopo.

Il tenente, con sincera tristezza, guardò fuori, verso l'Arno che scorreva tranquillo, indifferente alle tragedie di cui si parlava.

– Esatto. Paolo Rossi che aveva chiamato Silvestro il figlio natogli il trentuno di dicembre. Mi chiedo, e vi chiedo: se aveste avuto una figlia nata il ventinove di febbraio, come l'avreste chiamata?

– E voi come sapevate, di questa figlia?

– Indirettamente, me lo disse il direttore Bentrovati. Mi mostrò una lettera in cui il Rossi parlava del sedicesimo compleanno dei gemelli, che era stato il giorno prima. La lettera era datata primo marzo milleottocentonovantasei.

– Anno bisestile, certo. Quindi i ragazzi erano nati il ventinove di febbraio.

– È così. I ragazzi. Oppure, un ragazzo e una ragazza. Che santi si festeggiano, sul calendario, il ventinove di febbraio?

Il Ragazzoni alzò la testa, e guardò il tenente con occhi sinceri.

– Se mi aveste fatto questa domanda ieri, non l'avrei saputo. Ma presumo che si festeggi san Giusto.

– San Giusto. E sant'Osvaldo. E sant'Ilario. E sant'Augusto. E abbiamo qui una ragazza di ventuno anni, ovvero l'età che dovrebbe avere la figlia di Rossi, la quale si chiama Giustina Ilaria Osvalda Augustina Cantalamessa. Cantalamessa da sposata, e Tedesco è un nome d'arte. Ma andando all'anagrafe, non è stato difficile scoprire che la signora Cantalamessa, da nubile, si chiamava Giustina Rossi.

– E il povero Augusto Rossi...

– Rossi è il cognome più comune d'Italia. E anche Augusto, come nome, non scherza.

In realtà, la certezza era arrivata al tenente in modo lievemente diverso. Quando si era ricordato della battuta del Balestrieri, sui figli e sui regali di compleanno, all'inizio si era fermato all'interpretazione che ne aveva dato il Bentrovati: il figlio Silvestro e il Natale. Ma la battuta del Balestrieri, si era reso conto, aveva un altro senso: talmente avaro da far nascere i figli il ventinove di febbraio, così da far loro un regalo ogni quattro anni.

– Quindi, il movente non è stato l'amore non corrisposto, o la gelosia.

L'aria intorno al tenente divenne stretta. Meglio non pensarci.

– No, no. Né amore, né gelosia. Giustina Tedesco, dopo aver ordito con il Balestrieri il piano per far scoppiare una rivolta, aveva sentito con le proprie orecchie il tenore vantarsi di aver causato la rovina del padre. Indirettamente, e senza averne l'intenzione, ma il responsabile era lui. Né gelosia, né amore. Vendetta, pura e semplice.

Il Ragazzoni, alzando la penna dal foglio, guardò il tenente come si guarda un amico.

– Fate attenzione con le parole, signor tenente. La vendetta non è mai pura.

Il tenente sospirò, come un innamorato qualsiasi.

– Di sicuro, in questo caso, non è stata semplice.

Il capitano Dalmasso guardò il tenente.

E il tenente rispose a quello sguardo in modo tranquillo e fiducioso.

Non era da stupirsi, visto quel che era successo due ore prima.

Due ore prima

– Bene, adesso che la faccenda è conclusa... sì?

Il capitano Dalmasso guardò il tenente Pellerey, il quale aveva emesso un microrespiro fuori ordinanza.

Il tenente e il capitano sedevano nello studio del direttore, per l'ultima volta, probabilmente. L'assassina aveva confessato, la compagnia cantante si era sciolta e il tenente Pellerey aveva ringraziato il capitano per avergli evitato il penoso dovere di arrestare Giustina Tedesco. Ma che la faccenda fosse conclusa, col cavolo.

– Col suo permesso, signor capitano, la faccenda non è conclusa.

– Giusto, giusto, signor tenente. Lei si riferisce agli anarchici. Ma non si preoccupi, anche quella faccenda la sistemeremo presto.

– Col dovuto rispetto, capitano, non sono d'accordo. Li abbiamo presi, è vero, ma non ce n'è uno che ammetta niente.

Proprio così. I quattro cavatori di Carrara erano stati pizzicati poco prima, mentre uscivano quatti quatti dalla Locanda del Porton Rosso, dove erano rimasti nascosti nei giorni precedenti.

– Abbiamo arrestato quattro pericoli pubblici e ci ritroviamo a interrogare quattro agnellini. Lo sa cosa hanno avuto l'impudenza di sostenere, questi disgraziati?

Il capitano Dalmasso rimase in silenzio, incoraggiando con lo sguardo il tenente a parlare.

– Sostengono che loro non sapevano nulla del complotto – continuò il tenente. – Che il complotto era stato orchestrato solo dalla Tedesco e dal Balestrieri, e che loro hanno reagito in preda alla rabbia nel credere il loro amico ucciso sulla scena. Anzi, uno solo dice di aver reagito. Gli altri hanno l'impudenza di ripetere che stavano lì a godersi l'opera quando si sono sentiti puntare una pistola nelle reni.

Silenzio.

– Sostengono che adesso la Tedesco stia facendo cadere addosso a loro questa storia del complotto e del tentativo sedizioso di innescare una rivolta, mentre in realtà loro non ne sapevano nulla.

– Capisco. Sono tutti e quattro concordi e coerenti nel sostenere questa versione?

– Assolutamente. Non riesco a trovare uno spiraglio per farli confessare.

– Ho capito. Bene. Fra poco, appena terminate le procedure in teatro, dovremo provvedere a liberarli.

Se fossimo in un romanzo fine Ottocento, sarebbe qui il caso di scrivere che il tenente credette di non aver capito bene. Ma il tenente, essendo pur sempre in un romanzo, ma nel 1901, sapeva di aver capito benissimo.

– Liberarli?

– Liberarli, certo. In fondo il reato di cui si sono macchiati è veniale. Hanno reagito con veemenza, credendo di vedere un loro caro amico venire ucciso di fronte a loro.

– Ma, signor capitano, il tutto faceva parte di un complotto...

– Secondo la signora Tedesco in Cantalamessa, Pellerey. I quattro cavatori hanno negato il loro coinvolgimento in detto complotto. È la parola di quattro persone contro quella di una.

– Ma il tecnico, anzi, i tecnici Bonazzi e Pomponazzi? Anche loro hanno ammesso...

– Hanno ammesso di aver costruito un marchingegno per uso scenico, al fine di far sembrare ancora più verosimile la morte. La morte di Cavaradossi, signor tenente, non di Ruggero Balestrieri. Non hanno fatto altro che svolgere il loro lavoro in maniera eccellente.

– Ma se sappiamo benissimo...

– Che cosa sappiamo noi, signor tenente?

– Noi sappiamo benissimo che era tutto un complotto!

– Così come sapevamo benissimo che Ruggero Balestrieri era stato ucciso da un componente del plotone d'esecuzione?

Il capitano alzò lo sguardo, e lo tenne diritto sul suo sottoposto.

– Ha interrogato i quattro cavatori, i quali sostengono di essere stati completamente all'oscuro del complotto. Lo stesso sostengono i due tecnici di scena, Bonazzi e Pomponazzi. Una persona sostiene che si trattava di un complotto, le altre sei che non c'era complotto alcuno. Io a chi dovrei credere?

– È un'ingiustizia.

– Noi non siamo qui per fare giustizia, signor tenente. Noi siamo qui per mantenere l'ordine e far applicare la legge.

– Io, signor capitano, resto convinto che se potessi...

– Signor tenente, lei conosce questo volumetto?

Il capitano Dalmasso trasse di tasca un piccolo libriccino consunto. Gian Carlo Grossardi, *Il galateo del carabiniere*.

– Certo. Me lo hanno dato il primo giorno di ferma. E l'ho appena sfogliato, non essendo un pellaio come lei, che adesso è capitano ma quando si è arruolato era un mandrogno delle campagne.

– Mi faccia il favore di leggere queste righe qui.

E il capitano aprì il libretto, indicando una pagina sottolineata a matita chissà quanti anni prima.

Il Carabiniere si avvilisce ed insudicia agendo contro chi è nella impossibilità di reagire; anche quando voi enumeraste ad una ad una le fatiche sopportate onde riescire a quell'esito, voi non giustifichereste mai tale vostra condotta, e lo stesso offeso, fosse pure il più grande colpevole o la persona più abbietta, potrebbe umiliarvi con un sorriso di sprezzo e di compassione, che indicherebbe il dubbio su voi di spiegare eguale energia quando in parità di condizione vi foste trovati l'uno di fronte all'altro.

Badate che quanto accade, anche nell'interno delle vostre caserme, si viene di poi a conoscere, e questo vale a diminuire quella fiducia e quella sicurezza che il cittadino deve avere verso l'agente della forza.

Il tenente alzò lo sguardo, incontrando quello del capitano.

– Se si decide da soli che la nostra parte è la parte del giusto, e che la nostra divisa giustifichi i nostri atti, si commette un errore. E la fiducia degli altri, che è la nostra investitura, viene meno –. Il capitano annuì, lentamente. – E la divisa non è più un simbolo, ma solo un indumento con cui coprire le nostre vergogne. Sia che la divisa abbia il rosso sulle strisce dei pantaloni, sia che lo porti al collo come fazzoletto.

Seguì (come sbagliarsi?) qualche attimo di silenzio. Del resto, finora si è parlato di opera lirica, e anche le pause in musica devono essere segnalate. Poi, con un tono di voce meno ufficiale, il capitano parlò:

– Lei dovrebbe farmi una domanda, tenente.

– Signor capitano?

– Non mi dica «signor capitano», tenente. Lei dovrebbe farmi una domanda. Lo sa benissimo, qual è. Le ordino di farmela.

Non posso chiedergli se è davvero così cretino. Devo trovare una...

Trovata.

– Signor capitano – il tenente sospirò – aveva veramente intenzione di arrestare Puccini?

– No, tenente. No.

Il capitano guardò il tenente con sguardo fisso, ma tranquillo.

– Sapevo che lei ammira Puccini. La mia lettera mirava solo a spronarla, a metterla sotto pressione. Comportandomi da idiota, da persona priva di raziocinio, l'ho convinta che l'unico modo per salvare dal disonore il suo Puccini fosse quello di anticiparmi, di risolvere il caso gettandovi anche le energie che non aveva. E lei, che è con noi da qualche mese, era sinceramente convinto che io fossi privo di raziocinio. Mi ha visto comportarmi da beota in più di una occasione.

Il tenente si rivide di fronte la scena con il direttore Bentrovati.

– Non oso, signor capitano...

– E osi, tenente Pellerey.

– Ma perché?

Il capitano Dalmasso sospirò.

– Supponiamo che io e lei montiamo a bordo di due autovetture, signor tenente, e facciamo la seguente scommessa: ognuno dei due preme l'acceleratore fino a fondo corsa e parte verso l'altro. Il primo che devia dalla traiettoria è un pollo, e perde. Lo chiameremo proprio così, giuoco del pollo. Che strategia adoprerebbe per vincere a questo giuoco?

– Non saprei, signor capitano. Forse spaventare il mio avversario?

– Giustissimo. E come lo spaventerebbe? Nella pratica, che tattica metterebbe in atto?

Qui sono in difficoltà, disse la faccia del tenente Pellerey.

– Supponga di vedermi montare in auto completamente ubriaco, come il nostro amico Ragazzoni. Salgo scolandomi il fondo di una bottiglia, rufolo sotto il sedile della vettura gettando via bottiglie vuote finché non ne trovo una intiera, la apro con i denti, me la caccio in bocca e parto allegramente. Lei che farebbe?

– Mi scanserei, signor capitano. Lei non sarebbe in grado...

E il tenente, capendo, si bloccò.

– Lei non sarebbe in grado di ragionare, mi voleva dire – completò il capitano. – Esatto, tenente. Quando ci si vuole imporre in una situazione, tra due contendenti, in cui lo scontro sarebbe di gran lunga il risultato peggiore per entrambi, comportarsi in modo stupido e irrazionale è la maniera migliore di vincere. Convinto che siamo cretini, che non siamo in grado di ragionare, e spaventato per il possibile esito della nostra idiozia, il saggio si scansa. Ci dà ragione. Viene a più miti consigli. Funziona sempre, se le auto sono identiche. Funziona ancor di più se lei è su di un'auto, e io su una locomotiva, come in questo caso. Funziona per me che sto sulla locomotiva, è ovvio, non per lei. Se ne ricordi, capitano Pellerey.

– Veramente, signor capitano, io sono ancora tenente.

– Ancora per poco, tenente. Ancora per poco.

Epilogo

– Sono sinceramente sorpreso, signor Ragazzoni – disse il capitano Dalmasso, riaprendo bocca. – Io e il tenente eravamo convinti che voi ci nascondeste delle prove, sapete? Che sapeste dove si nascondevano gli anarchici, e che sapeste tutto di questa ipotetica congiura, e di tutto il resto, e ce lo teneste celato.

– E come mai avrei dovuto farlo, signor capitano?

– Perché siete anarchico. La pensate come loro.

– In un certo senso. Abbiamo lo stesso obiettivo. Voi conoscete questo nuovo giuoco che viene dall'Inghilterra, il foot-ball, o calcio?

Il capitano guardò il Ragazzoni, chiedendosi se per caso il caffè era corretto, oltre che doppio.

– Certo – rispose. – A volte lo giuochiamo in caserma, nei momenti di svago. Ma non siamo molto bravi, devo ammetterlo. Ho visto una partita in Inghilterra, quando ho accompagnato Sua Maestà Umberto I in visita ufficiale alcuni anni or sono, ed è tutta un'altra cosa.

– Vero. Una squadra di foot-ball, per fare gol, deve organizzarsi. Ognuno deve avere un proprio ruolo, anche se lo scopo è lo stesso. Non si corre in undici dietro al pallone. Qualcuno deve difendere la propria area, e qualcuno addirittura è confinato alla porta.

Il Ragazzoni prese un altro sorso di caffè, che come il capitano aveva capito non era affatto corretto.

– Condividere un obiettivo non significa condividere un piano d'azione, signor capitano. Io perseguo, da anarchico, l'uguaglianza e la libertà per tutti gli esseri umani, ma mi rifiuto di farlo imponendo le mie idee con la violenza. Come dice un poeta americano ancora poco conosciuto al giorno d'oggi, per vivere al di fuori della legge bisogna essere onesti.

– Mi spiace, signor Ragazzoni, la metafora non regge – disse il capitano Dalmasso. – Se così fosse, in questo modo accettereste implicitamente tutti i vantaggi provocati dal comportamento della vostra squadra.

– In che senso?

– Se un difensore, mi sembra che si chiamino così quelli che giuocano vicino alla porta, azzoppa con un brutto intervento il mio giuocatore più importante, da quel momento in poi anche voi verrete a godere della situazione di vantaggio creatasi. L'appartenere ad una squadra porta con sé questa conseguenza.

– Vero. È un peccato che le metafore siano così belle – disse il Ragazzoni, pensoso. – A volte ci scordiamo che l'efficacia non implica che siano esatte. Avete ragione, capitano Dalmasso. Pensatemi allora come uno spettatore, uno che gioisce nel vedere la vittoria della propria squadra, e nel descriverla, ma che è pronto a lanciare cavoli e ad abbandonare lo stadio se vede dei comportamenti poco sportivi. Vedete, più che...

Il tenente Pellerey, per un attimo, rimase perso nei suoi pensieri.

A svegliare il tenente, ci pensò il sottotenente Moretti, a distanza di sicurezza, ma con uno schiocco di tacchi che si sarebbe sentito a trenta metri.

– Dispaccio a mano personale per il capitano Dalmasso.

In mano, una busta con il timbro personale di Sua Maestà.

– La ringrazio, sottotenente. Con permesso.

Il capitano aprì la busta, e lesse con fare pensieroso.

– Bene, signor Ragazzoni. Siete mai stato a Roma?

– No, signor capitano. Sono stato a Parigi, e in tanti altri posti, ma a Roma mai.

– Bene, ho idea che vi toccherà visitarci. Sua Maestà mi chiede formalmente di accettare un segno tangibile della sua riconoscenza.

– E perché?

– Per avere, con il vostro contributo, evitato una rivolta sanguinosa, in un periodo così caldo e pericoloso. In breve, Sua Maestà vi conferisce il Collare dell'Annunziata.

Il Collare dell'Annunziata.

La massima onorificenza di Casa Savoia.

Chi ne era insignito aveva diritto a cose inimmaginabili, da ogni punto di vista. Da un punto di vista economico: esenzione totale da tasse e imposte. Da un punto di vista nobiliare: diventava cugino del Re, e quindi poteva dargli addirittura del tu parlandogli di persona, invece di dargli del tappo parlandone con gli amici. Da un punto di vista pubblico: aveva diritto a essere chiamato «eccellenza», agli onori militari e alla precedenza protocollare di fronte a tutte le cariche dello Stato, cioè a scavalcare sinanco il Presidente del Consiglio in qualsiasi occasione, anche in fila per il porchettaro.

Il Ragazzoni prese un gran respiro.

Poi, espirando, disse semplicemente:

– Preferirei di no.

– Come?

Il Ragazzoni, voltando lo sguardo verso il fiume, parlò lentamente:

– Vedete, signori, io sono anarchico. E come anarchico mi sono sempre comportato. Non ho bisogno che Sua Maestà mi dia il permesso di passare davanti a Giolitti quando vado al cesso: se voglio, e se sono abbastanza brillo, lo posso fare da solo. Ne sopporterò le conseguenze, come è giusto.

– Come avete detto prima voi, non vi capisco, ma vi rispetto. Però è escluso che Sua Maestà non vi ringrazi in nessun modo per i vostri servigi, signor Ragazzoni. Non vorrei prendermi libertà che non mi competono, ma credo che possiate chiedere al Re qualsiasi cosa vogliate.

– Qualsiasi cosa?

– Qualsiasi cosa.

– Be', una cosa ci sarebbe.

– Benissimo. Diteci quale, e vedremo di sistemarla.

– Avete presenti le due statue di San Gaspare e di

San Vitale, quelle che avete ritrovato nell'alloggio dei miei amici di Carrara?

– Quelle che dovrebbero sostituire i ritratti di Mazzini e Garibaldi, fuori dal Battistero?

– Quelle. Ecco, le vorrei.

– Se le volete, le avrete – disse il tenente Pellerey. – Come pegno di amicizia verso i vostri compagni –. Il tenente sorrise. – Perché come oggetti artistici, sono veramente brutti.

Il Ragazzoni, sorridendo anche lui, si voltò verso il tenente:

– Pienamente d'accordo. Due autentici orrori. Molto, molto meglio i busti che ci sono adesso. Sarebbe meglio che restassero al loro posto. Potete darmi la vostra parola d'onore, tenente Pellerey?

– Farò quel che posso, signor Ragazzoni.

Vecchiano, 22 luglio 2015

Tra il verosimile e il vero

Mi sono reso conto, alla fine del romanzo, che molte delle cose che ho detto o fatto dire dai miei personaggi, anche se funzionali alla storia, potrebbero risultare difficilmente credibili; per questo, sento il dovere di spiegare, quando la storia e la Storia si intrecciano, fin dove arriva la mia fantasia e dove, invece, la realtà le è nettamente superiore, come spesso accade.

Per quanto riguarda Ernesto Ragazzoni, vero *homo ex machina* di questo romanzo, non è stato necessario inventarsi quasi nulla. Giornalista, poeta ed etilista professionista, sposato con la cilena Cecilia Rey (alla cui bravura al pianoforte è dedicata una delle poche poesie del Ragazzoni «serio»), l'uomo era riottoso a uniformarsi ai canoni sia dell'obbedienza che dell'eleganza: frequenti le sue apparizioni a supposte serate di gala con le pantofole ai piedi o la cravatta di carta, e frequentissimi i suoi licenziamenti da parte del direttore della *Stampa*, Alfredo Frassati, ai quali il giorno dopo seguiva immediata riassunzione. Apocrifi i pezzi in prosa e gli articoli di giornale, assolutamente autentiche invece le poesie, i versi e i loro spezzoni, incluso il meraviglioso canone sulla pieve di Pontassieve con il quale esordì a un salotto organizzato, racconta Gozzano, «*da signorine letteratoidi, premurandosi di avvertire di essere in grado di andare avanti in quel modo anche per un paio d'ore*».

Ernesto Ragazzoni sosteneva di essere maestro nell'arte di non scrivere, ovvero nell'immaginarsi articoli e poesie destinati a restare nella sua memoria, ad uso e consumo del solo autore, il quale presumibilmente ne avrebbe diluito il contenuto in ettolitri di vino rosso il giorno stesso della composizione; di questo vizio di comporre «invisibilissime pagine» il poeta ne parlò, o peggio, ne scrisse, più volte, e ne doveva essere convinto seriamente, se è vero che parecchie delle sue composizioni poetiche più famose ci sono giunte esclusivamente per tradizione orale.

Tutte le notizie di carattere storico su Giacomo Puccini sono state tratte da fonti autografe (lettere, brogliacci, copie di lavoro del libretto ed altro): realmente amico o sodale degli anarchici citati, e realmente restìo a dirigere le proprie opere, proprio a Carrara il compositore lucchese scelse di dirigere *Tosca* personalmente. Altresì autentiche sono le osservazioni che vengono fatte a proposito della genesi e dello sviluppo del libretto dell'opera: Puccini era solito collaborare attivamente con la stesura della parte testuale (se non fossimo tra persone beneducate, si potrebbe dire che era un terrificante rompicoglioni) e spesso le pagine autografe del libretto sono corrette e commentate da stralci di testo, musica, indicazioni di carattere assolutamente eterogeneo. È vero, per esempio, che accanto alla pagina con il *Te deum* compaia l'indicazione «*Tromboni, timpani, cannoni, bombe all'Orsini, vulcani, eruzioni cutanee*» vergata di proprio pugno dal Puccini stesso.

Una nota a parte merita l'uso del turpiloquio, che da qualcuno mi è stato rimproverato nel precedente romanzo storico, quando facevo dire parole brutte e cattive a Giosuè Carducci. Le parolacce, ahimè, esistevano anche alla fine dell'Ottocento: lo stesso Puccini ne faceva sporadicamente uso nelle proprie lettere. Questa necessità filologica mi dà la scusa per citare la meravigliosa lettera scritta alla sorella nella quale descrive l'Egitto attraverso un lungo elenco di posti e situazioni caratteristiche:

Le piramidi, il cammello, le palme, i turbanti, i tramonti, i cofani, le mummie, gli scarabei, i colossi, le colonne, le tombe dei re, le feluche sul Nilo, che non è altro che la Freddana ingrandita, i fez, i tarbuch, i mori, i semimori, le donne velate, il sole, le sabbie gialle, gli struzzi, gl'inglesi, i musei, le porte uso Aida, i Ramseti I, II, III etc., il limo fecondatore, le cateratte, le moschee, le mosche, gli alberghi, la valle del Nilo, l'ibis, i bufali, i rivenditori noiosi, il puzzo di grasso, i minareti, le chiese copte, l'albero della Madonna, i vaporini di Cook, i micci, la canna da zucchero, il cotone, le acacie, i sicomori, il caffè turco, le bande di pifferi e tamburoni, le processioni, i bazar, la danza del ventre, le cornacchie, i falchi neri, le ballerine, i dervisci, i levantini, i beduini, il Kedive, Tebe, le sigarette, i narghilè, l'aschisch, bachich, le sfingi, l'immenso Ftà, Iside, Osiride, m'hanno rotto i coglioni e il 20 parto per riposarmi. Ciao, tuo Egittrogolo.

È apocrifo e assai poco credibile il fatto che Puccini si rivolgesse ai suoi librettisti, Luigi Illica e Giuseppe Giacosa, con pronomi e aggettivi femminili; questo è un omaggio implicito a Ettore Borzacchini, mio indimenticato maestro di umorismo. (Così come nel precedente romanzo storico, in questo libro ci sono due citazioni esplicite a quelli che considero i miei punti di riferimento: oltre a Borzacchini, non poteva mancare Federico Maria Sardelli, di cui i fanatici riconosceranno una citazione oltremodo smaccata). Vere, invece, furono le divergenze di vedute con Victorien Sardou, autore del dramma teatrale originale, inclusa l'inopportunità di far morire la terza protagonista femminile consecutiva alla fine di una propria opera. Puccini, forse consapevole delle centinaia di situazioni comiche a cui il finale del melodramma avrebbe portato, tentò di salvare la vita della propria eroina in tutti i modi, ma non ci fu nulla da fare.

I continui riferimenti a Gioacchino Rossini, protagonista implicito del libro suo malgrado, oltre che essere storicamente documentati sono dovuti a diverse motivazioni. Primo, la mia personalissima convinzione che Rossini sia stato il più grande compositore italiano; secondo, le notevoli comunanze tra gli atteggiamenti del Ragazzoni poeta e del Rossini compositore.

Pigro, bipolare, entusiasta del cibo quanto lo era il Ragazzoni del vino, Rossini fu uno dei primi casi di compositore on demand: capitava infatti spesso che il maestro di Pesaro si presentasse la mattina in teatro alle prime prove di un'opera, con cantanti e musicisti schierati e in attesa delle parti, e sedendosi al clavicembalo esclamasse: «Via, sentiamo un po' che razza di voci sono le vostre». Dopodiché, una volta palleggiate le ugole dei protagonisti, si metteva a sfornare musica non solo sublime, ma anche composta sartorialmente su misura per chi avrebbe dovuto cantarla.

Ma la cosa che più accomuna il Rossini al poeta di Orta sono, appunto, le invisibilissime pagine.

Gioacchino Rossini si ritirò dalle scene a quarant'anni non ancora compiuti, probabilmente vittima di una devastante depressione dalla quale si riprenderà solo negli ultimi anni della vita. In seguito alla rappresentazione del suo *Guglielmo Tell* su libretto dei due sciagurati francesi Joy e Bis, dei quali il musicista pesarese soleva dire che avevano avuto il cervello infinitamente più corto del casato, Rossini per molto tempo continuerà a comporre e a suonare per suo esclusivo diletto e per quello degli amici che invita per mattinate domenicali in musica.

Nel corso di una di queste mattinate, mentre è lì che fa il cretino con alcuni prelati suoi amici parodiando la sua stessa *Italiana in Algeri*, arriva un servitore con la notizia della morte di Silvio Pellico; e il Rossini, chinata la testa, improvvisa sul pianoforte una melodia funebre di struggente malinconia, ipnotizzando i presenti, e che troncherà inaspettatamente a metà di una frase; nonostante le richieste pressanti di tutti gli ospiti, concordi nel ritenerla una delle cose più belle mai udite in vita loro, di quella trenodìa Rossini non scriverà mai un singolo rigo.

Autentici, anche se talvolta potrebbero sembrare inventati, sono tutti i libri che vengono citati nel testo: dal *Galateo del Carabiniere* di Gian Carlo Grossardi al *Codice Cavalleresco Italiano* di Jacopo Gelli, passando per il *Manuale pratico di canto figurato* di Giovan Battista Mancini, così come letterali sono le loro citazioni.

Discorso a parte meritano gli incidenti operistici che accadono nel romanzo, e che non sono altro che trasposizione letteraria di casini autenticamente verificatisi sul palcoscenico o in zone limitrofe.

L'assolo di sciacquone per introdurre il Commendatore nel *Don Giovanni* è ben lungi dall'essere una mia invenzione: tale strumento venne utilizzato, sia pure involontariamente, al Covent Garden nel 1956, per un *Don Giovanni* in diretta nazionale alla radio sulla BBC, e apprezzato in diretta da centinaia di migliaia di melomani, tra cui la regina Elisabetta II. Ma fu un caso singolo, oltre che singolare.

Molto più frequenti i casi di parrucche che prendevano fuoco in scena: il più celebre accadde (come dubitarne) durante una *Tosca*, quando Maria Callas, dopo aver ucciso Tito Gobbi/Scarpia, gli si inchinò accanto e gli depose di fianco due candelabri. Uno dei suddetti arredi, fedele alle leggi della termodinamica, appiccò il fuoco all'acconciatura della soprano, la quale si rialzò e continuò a cantare senza accorgersi di nulla, costringendo Scarpia a risorgere e spegnerle l'incendio fingendo un abbraccio agonizzante dal quale la divina si liberò, dopo aver ringraziato in un sussurro il collega, spingendo Gobbi a terra e improvvisando sulle note dell'orchestra un accorato «E muori, farabutto!».

Ma di incidenti, sul palcoscenico, se ne sono verificati e se ne verificheranno ancora parecchi. Non credo di sbagliarmi di troppo, se dico che verrà un giorno in cui il testo che avete tra le mani in questo momento sarà venduto più dagli antiquari che dalle librerie, e nello stesso giorno ci saranno persone in fila per andare a sentire della tragica storia d'amore tra Mario Cavaradossi e Floria Tosca.

Per finire

Per poter sfoggiare una sì vasta cultura, facendo per giunta finta di padroneggiarla appieno, è stato necessario l'aiuto di molte persone, di carta e di ciccia. Mi tocca quindi ringraziarle tutte una per una.

Ringrazio quindi Gabriella Biagi Ravenni per avermi messo a disposizione la sua, più che sterminata, irraggiungibile conoscenza di *Tosca* e di Puccini; è raro poter parlare con persone di competenza simile.

Parimenti ringrazio Alessio Rosati, mio ex collega di studi molecolari, oggi felice e stimato costumista teatrale, per le mille perle su usi, abusi e disusi scenici: ennesima dimostrazione che i chimici, quando vanno a fare mestieri diversi da quello per cui hanno studiato, sono da guardare con attenzione.

Ringrazio Alessandro Bottai, Cristiano Birga e Nicola Battista per avermi spiegato parecchie cose sulle armi da fuoco che ignoravo, o che conoscevo in modo sbagliato: se qualcuno avesse da ridire sulle mie competenze e volesse farmelo presente di persona, sappia quindi che ho parecchi amici che sanno sparare.

Se qualcuno comunque non si fidasse, come è suo diritto, e volesse controllare di persona, ci sono parecchi libri che può consultare.

Per i vari cenni sulle tecniche e le prassi del bel canto a inizio Novecento, il testo fondamentale è il *Trattato completo dell'arte del canto* di Emanuele García. Chi invece volesse conoscere meglio Ernesto Ragazzoni può compulsare *Buchi nella sabbia e pagine invisibili* (Einaudi, con un bellissimo saggio del compianto Sebastiano Vassalli) oppure il non troppo facile da trovare *Poesie e Prose* edito da Scheiwiller, o il più reperibile *Le mie invisibilissime pagine* edito da Sellerio.

Chi volesse saperne di più su tutto quello che può andar male durante un'opera lirica si divertirà, probabilmente, a leggere *Great Operatic Disasters* di Hugh Vickers. Chi invece, rifuggendo da simili futilità, volesse approfondire il personaggio di Puccini attraverso le lettere che scriveva, troverà notevole godimento intellettuale nell'*Epistolario* edito da Olschki.

Ringrazio, come sempre ma mai abbastanza, i miei editor privati: Virgilio&Serena, Mimmo&Letizia, Liana (la sòcera), il Totaro, la Cheli (sì, sempre lei), Carlo Pernigotti e i miei concittadini di Olmo Marmorito (Davide, Elena, Massimo, Alessandra, Sara, Pontiziano) ai quali dico solo: al momento Toro punti 6, Juve punti 0.

E come sempre, ma mai abbastanza, ringrazio Samantha: presente in modo esplicito solo in fondo al libro, ma fondamentale in tutto il suo corso, la sua elaborazione, la sua stesura. Il che, in questo caso, rappresenta un vero e proprio atto d'amore: perché l'opera si odia o si ama, e Samantha la detesta...

Indice

Questo volume è stato stampato
su carta Palatina
delle Cartiere di Fabriano
nel mese di novembre 2015
presso la Leva Printing srl - Sesto S. Giovanni (MI)
e confezionato
presso IGF s.p.a. - Aldeno (TN)

La memoria

Ultimi volumi pubblicati

701 Angelo Morino. Rosso taranta
702 Michele Perriera. La casa
703 Ugo Cornia. Le pratiche del disgusto
704 Luigi Filippo d'Amico. L'uomo delle contraddizioni. Pirandello visto da vicino
705 Giuseppe Scaraffia. Dizionario del dandy
706 Enrico Micheli. Italo
707 Andrea Camilleri. Le pecore e il pastore
708 Maria Attanasio. Il falsario di Caltagirone
709 Roberto Bolaño. Anversa
710 John Mortimer. Nuovi casi per l'avvocato Rumpole
711 Alicia Giménez-Bartlett. Nido vuoto
712 Toni Maraini. La lettera da Benares
713 Maj Sjöwall, Per Wahlöö. Il poliziotto che ride
714 Budd Schulberg. I disincantati
715 Alda Bruno. Germani in bellavista
716 Marco Malvaldi. La briscola in cinque
717 Andrea Camilleri. La pista di sabbia
718 Stefano Vilardo. Tutti dicono Germania Germania
719 Marcello Venturi. L'ultimo veliero
720 Augusto De Angelis. L'impronta del gatto
721 Giorgio Scerbanenco. Annalisa e il passaggio a livello
722 Anthony Trollope. La Casetta ad Allington
723 Marco Santagata. Il salto degli Orlandi
724 Ruggero Cappuccio. La notte dei due silenzi
725 Sergej Dovlatov. Il libro invisibile
726 Giorgio Bassani. I Promessi Sposi. Un esperimento
727 Andrea Camilleri. Maruzza Musumeci
728 Furio Bordon. Il canto dell'orco
729 Francesco Laudadio. Scrivano Ingannamorte

730 Louise de Vilmorin. Coco Chanel
731 Alberto Vigevani. All'ombra di mio padre
732 Alexandre Dumas. Il cavaliere di Sainte-Hermine
733 Adriano Sofri. Chi è il mio prossimo
734 Gianrico Carofiglio. L'arte del dubbio
735 Jacques Boulenger. Il romanzo di Merlino
736 Annie Vivanti. I divoratori
737 Mario Soldati. L'amico gesuita
738 Umberto Domina. La moglie che ha sbagliato cugino
739 Maj Sjöwall, Per Wahlöö. L'autopompa fantasma
740 Alexandre Dumas. Il tulipano nero
741 Giorgio Scerbanenco. Sei giorni di preavviso
742 Domenico Seminerio. Il manoscritto di Shakespeare
743 André Gorz. Lettera a D. Storia di un amore
744 Andrea Camilleri. Il campo del vasaio
745 Adriano Sofri. Contro Giuliano. Noi uomini, le donne e l'aborto
746 Luisa Adorno. Tutti qui con me
747 Carlo Flamigni. Un tranquillo paese di Romagna
748 Teresa Solana. Delitto imperfetto
749 Penelope Fitzgerald. Strategie di fuga
750 Andrea Camilleri. Il casellante
751 Mario Soldati. ah! il Mundial!
752 Giuseppe Bonarivi. La divina foresta
753 Maria Savi-Lopez. Leggende del mare
754 Francisco García Pavón. Il regno di Witiza
755 Augusto De Angelis. Giobbe Tuama & C.
756 Eduardo Rebulla. La misura delle cose
757 Maj Sjöwall, Per Wahlöö. Omicidio al Savoy
758 Gaetano Savatteri. Uno per tutti
759 Eugenio Baroncelli. Libro di candele
760 Bill James. Protezione
761 Marco Malvaldi. Il gioco delle tre carte
762 Giorgio Scerbanenco. La bambola cieca
763 Danilo Dolci. Racconti siciliani
764 Andrea Camilleri. L'età del dubbio
765 Carmelo Samonà. Fratelli
766 Jacques Boulenger. Lancillotto del Lago
767 Hans Fallada. E adesso, pover'uomo?
768 Alda Bruno. Tacchino farcito
769 Gian Carlo Fusco. La Legione straniera
770 Piero Calamandrei. Per la scuola
771 Michèle Lesbre. Il canapé rosso
772 Adriano Sofri. La notte che Pinelli
773 Sergej Dovlatov. Il giornale invisibile

774 Tullio Kezich. Noi che abbiamo fatto La dolce vita
775 Mario Soldati. Corrispondenti di guerra
776 Maj Sjöwall, Per Wahlöö. L'uomo che andò in fumo
777 Andrea Camilleri. Il sonaglio
778 Michele Perriera. I nostri tempi
779 Alberto Vigevani. Il battello per Kew
780 Alicia Giménez-Bartlett. Il silenzio dei chiostri
781 Angelo Morino. Quando internet non c'era
782 Augusto De Angelis. Il banchiere assassinato
783 Michel Maffesoli. Icone d'oggi
784 Mehmet Murat Somer. Scandaloso omicidio a Istanbul
785 Francesco Recami. Il ragazzo che leggeva Maigret
786 Bill James. Confessione
787 Roberto Bolaño. I detective selvaggi
788 Giorgio Scerbanenco. Nessuno è colpevole
789 Andrea Camilleri. La danza del gabbiano
790 Giuseppe Bonaviri. Notti sull'altura
791 Giuseppe Tornatore. Baarìa
792 Alicia Giménez-Bartlett. Una stanza tutta per gli altri
793 Furio Bordon. A gentile richiesta
794 Davide Camarrone. Questo è un uomo
795 Andrea Camilleri. La rizzagliata
796 Jacques Bonnet. I fantasmi delle biblioteche
797 Marek Edelman. C'era l'amore nel ghetto
798 Danilo Dolci. Banditi a Partinico
799 Vicki Baum. Grand Hotel
800
801 Anthony Trollope. Le ultime cronache del Barset
802 Arnoldo Foà. Autobiografia di un artista burbero
803 Herta Müller. Lo sguardo estraneo
804 Gianrico Carofiglio. Le perfezioni provvisorie
805 Gian Mauro Costa. Il libro di legno
806 Carlo Flamigni. Circostanze casuali
807 Maj Sjöwall, Per Wahlöö. L'uomo sul tetto
808 Herta Müller. Cristina e il suo doppio
809 Martin Suter. L'ultimo dei Weynfeldt
810 Andrea Camilleri. Il nipote del Negus
811 Teresa Solana. Scorciatoia per il paradiso
812 Francesco M. Cataluccio. Vado a vedere se di là è meglio
813 Allen S. Weiss. Baudelaire cerca gloria
814 Thornton Wilder. Idi di marzo
815 Esmahan Aykol. Hotel Bosforo
816 Davide Enia. Italia-Brasile 3 a 2
817 Giorgio Scerbanenco. L'antro dei filosofi

818 Pietro Grossi. Martini
819 Budd Schulberg. Fronte del porto
820 Andrea Camilleri. La caccia al tesoro
821 Marco Malvaldi. Il re dei giochi
822 Francisco García Pavón. Le sorelle scarlatte
823 Colin Dexter. L'ultima corsa per Woodstock
824 Augusto De Angelis. Sei donne e un libro
825 Giuseppe Bonaviri. L'enorme tempo
826 Bill James. Club
827 Alicia Giménez-Bartlett. Vita sentimentale di un camionista
828 Maj Sjöwall, Per Wahlöö. La camera chiusa
829 Andrea Molesini. Non tutti i bastardi sono di Vienna
830 Michèle Lesbre. Nina per caso
831 Herta Müller. In trappola
832 Hans Fallada. Ognuno muore solo
833 Andrea Camilleri. Il sorriso di Angelica
834 Eugenio Baroncelli. Mosche d'inverno
835 Margaret Doody. Aristotele e i delitti d'Egitto
836 Sergej Dovlatov. La filiale
837 Anthony Trollope. La vita oggi
838 Martin Suter. Com'è piccolo il mondo!
839 Marco Malvaldi. Odore di chiuso
840 Giorgio Scerbanenco. Il cane che parla
841 Festa per Elsa
842 Paul Léautaud. Amori
843 Claudio Coletta. Viale del Policlinico
844 Luigi Pirandello. Racconti per una sera a teatro
845 Andrea Camilleri. Gran Circo Taddei e altre storie di Vigàta
846 Paolo Di Stefano. La catastròfa. Marcinelle 8 agosto 1956
847 Carlo Flamigni. Senso comune
848 Antonio Tabucchi. Racconti con figure
849 Esmahan Aykol. Appartamento a Istanbul
850 Francesco M. Cataluccio. Chernobyl
851 Colin Dexter. Al momento della scomparsa la ragazza indossava
852 Simonetta Agnello Hornby. Un filo d'olio
853 Lawrence Block. L'Ottavo Passo
854 Carlos María Domínguez. La casa di carta
855 Luciano Canfora. La meravigliosa storia del falso Artemidoro
856 Ben Pastor. Il Signore delle cento ossa
857 Francesco Recami. La casa di ringhiera
858 Andrea Camilleri. Il gioco degli specchi
859 Giorgio Scerbanenco. Lo scandalo dell'osservatorio astronomico
860 Carla Melazzini. Insegnare al principe di Danimarca
861 Bill James. Rose, rose

862 Roberto Bolaño, A. G. Porta. Consigli di un discepolo di Jim Morrison a un fanatico di Joyce
863 Stefano Benni. La traccia dell'angelo
864 Martin Suter. Allmen e le libellule
865 Giorgio Scerbanenco. Nebbia sul Naviglio e altri racconti gialli e neri
866 Danilo Dolci. Processo all'articolo 4
867 Maj Sjöwall, Per Wahlöö. Terroristi
868 Ricardo Romero. La sindrome di Rasputin
869 Alicia Giménez-Bartlett. Giorni d'amore e inganno
870 Andrea Camilleri. La setta degli angeli
871 Guglielmo Petroni. Il nome delle parole
872 Giorgio Fontana. Per legge superiore
873 Anthony Trollope. Lady Anna
874 Gian Mauro Costa, Carlo Flamigni, Alicia Giménez-Bartlett, Marco Malvaldi, Ben Pastor, Santo Piazzese, Francesco Recami. Un Natale in giallo
875 Marco Malvaldi. La carta più alta
876 Franz Zeise. L'Armada
877 Colin Dexter. Il mondo silenzioso di Nicholas Quinn
878 Salvatore Silvano Nigro. Il Principe fulvo
879 Ben Pastor. Lumen
880 Dante Troisi. Diario di un giudice
881 Ginevra Bompiani. La stazione termale
882 Andrea Camilleri. La Regina di Pomerania e altre storie di Vigàta
883 Tom Stoppard. La sponda dell'utopia
884 Bill James. Il detective è morto
885 Margaret Doody. Aristotele e la favola dei due corvi bianchi
886 Hans Fallada. Nel mio paese straniero
887 Esmahan Aykol. Divorzio alla turca
888 Angelo Morino. Il film della sua vita
889 Eugenio Baroncelli. Falene. 237 vite quasi perfette
890 Francesco Recami. Gli scheletri nell'armadio
891 Teresa Solana. Sette casi di sangue e una storia d'amore
892 Daria Galateria. Scritti galeotti
893 Andrea Camilleri. Una lama di luce
894 Martin Suter. Allmen e il diamante rosa
895 Carlo Flamigni. Giallo uovo
896 Maj Sjöwall, Per Wahlöö. Il milionario
897 Gian Mauro Costa. Festa di piazza
898 Gianni Bonina. I sette giorni di Allah
899 Carlo María Domínguez. La costa cieca
900
901 Colin Dexter. Niente vacanze per l'ispettore Morse
902 Francesco M. Cataluccio. L'ambaradan delle quisquiglie

903 Giuseppe Barbera. Conca d'oro
904 Andrea Camilleri. Una voce di notte
905 Giuseppe Scaraffia. I piaceri dei grandi
906 Sergio Valzania. La Bolla d'oro
907 Héctor Abad Faciolince. Trattato di culinaria per donne tristi
908 Mario Giorgianni. La forma della sorte
909 Marco Malvaldi. Milioni di milioni
910 Bill James. Il mattatore
911 Esmahan Aykol, Andrea Camilleri, Gian Mauro Costa, Marco Malvaldi, Antonio Manzini, Francesco Recami. Capodanno in giallo
912 Alicia Giménez-Bartlett. Gli onori di casa
913 Giuseppe Tornatore. La migliore offerta
914 Vincenzo Consolo. Esercizi di cronaca
915 Stanisław Lem. Solaris
916 Antonio Manzini. Pista nera
917 Xiao Bai. Intrigo a Shanghai
918 Ben Pastor. Il cielo di stagno
919 Andrea Camilleri. La rivoluzione della luna
920 Colin Dexter. L'ispettore Morse e le morti di Jericho
921 Paolo Di Stefano. Giallo d'Avola
922 Francesco M. Cataluccio. La memoria degli Uffizi
923 Alan Bradley. Aringhe rosse senza mostarda
924 Davide Enia. maggio '43
925 Andrea Molesini. La primavera del lupo
926 Eugenio Baroncelli. Pagine bianche. 55 libri che non ho scritto
927 Roberto Mazzucco. I sicari di Trastevere
928 Ignazio Buttitta. La peddi nova
929 Andrea Camilleri. Un covo di vipere
930 Lawrence Block. Un'altra notte a Brooklyn
931 Francesco Recami. Il segreto di Angela
932 Andrea Camilleri, Gian Mauro Costa, Alicia Giménez-Bartlett, Marco Malvaldi, Antonio Manzini, Francesco Recami. Ferragosto in giallo
933 Alicia Giménez-Bartlett. Segreta Penelope
934 Bill James. Tip Top
935 Davide Camarrone. L'ultima indagine del Commissario
936 Storie della Resistenza
937 John Glassco. Memorie di Montparnasse
938 Marco Malvaldi. Argento vivo
939 Andrea Camilleri. La banda Sacco
940 Ben Pastor. Luna bugiarda
941 Santo Piazzese. Blues di mezz'autunno
942 Alan Bradley. Il Natale di Flavia de Luce
943 Margaret Doody. Aristotele nel regno di Alessandro

944 Maurizio de Giovanni, Alicia Giménez-Bartlett, Bill James, Marco Malvaldi, Antonio Manzini, Francesco Recami. Regalo di Natale
945 Anthony Trollope. Orley Farm
946 Adriano Sofri. Machiavelli, Tupac e la Principessa
947 Antonio Manzini. La costola di Adamo
948 Lorenza Mazzetti. Diario londinese
949 Gian Mauro Costa, Alicia Giménez-Bartlett, Marco Malvaldi, Antonio Manzini, Francesco Recami. Carnevale in giallo
950 Marco Steiner. Il corvo di pietra
951 Colin Dexter. Il mistero del terzo miglio
952 Jennifer Worth. Chiamate la levatrice
953 Andrea Camilleri. Inseguendo un'ombra
954 Nicola Fantini, Laura Pariani. Nostra Signora degli scorpioni
955 Davide Camarrone. Lampaduza
956 José Roman. Chez Maxim's. Ricordi di un fattorino
957 Luciano Canfora. 1914
958 Alessandro Robecchi. Questa non è una canzone d'amore
959 Gian Mauro Costa. L'ultima scommessa
960 Giorgio Fontana. Morte di un uomo felice
961 Andrea Molesini. Presagio
962 La partita di pallone. Storie di calcio
963 Andrea Camilleri. La piramide di fango
964 Beda Romano. Il ragazzo di Erfurt
965 Anthony Trollope. Il Primo Ministro
966 Francesco Recami. Il caso Kakoiannis-Sforza
967 Alan Bradley. A spasso tra le tombe
968 Claudio Coletta. Amstel blues
969 Alicia Giménez-Bartlett, Marco Malvaldi, Antonio Manzini, Francesco Recami, Alessandro Robecchi, Gaetano Savatteri. Vacanze in giallo
970 Carlo Flamigni. La compagnia di Ramazzotto
971 Alicia Giménez-Bartlett. Dove nessuno ti troverà
972 Colin Dexter. Il segreto della camera 3
973 Adriano Sofri. Reagì Mauro Rostagno sorridendo
974 Augusto De Angelis. Il canotto insanguinato
975 Esmahan Aykol. Tango a Istanbul
976 Josefina Aldecoa. Storia di una maestra
977 Marco Malvaldi. Il telefono senza fili
978 Franco Lorenzoni. I bambini pensano grande
979 Eugenio Baroncelli. Gli incantevoli scarti. Cento romanzi di cento parole
980 Andrea Camilleri. Morte in mare aperto e altre indagini del giovane Montalbano
981 Ben Pastor. La strada per Itaca